Kekuatan Lawan

Kekuatan Lawan

Aldivan Torres

CONTENTS

1

Kekuatan Lawan

Kekuatan Lawan
Aldivan Torres

Pengarang: Aldivan Torres

Pengarang: Aldivan Torres

Aldivan Torres, lahir di Brasil, adalah seorang penulis konsolidasi dalam berbagai genre. Sejauh ini, memiliki judul yang diterbitkan dalam puluhan bahasa. Sejak usia dini, ia selalu menjadi pecinta seni menulis, setelah mengkonsolidasikan karier profesional dari paruh kedua tahun 2013. Dia berharap dengan tulisan-tulisannya untuk berkontribusi pada budaya internasional, membangkitkan kesenangan membaca pada mereka yang tidak memiliki kebiasaan. Misi Anda adalah menaklukkan hati masing-masing pembaca Anda. Selain sastra, pengalihan utamanya adalah musik, perjalanan, teman, keluarga, dan kesenangan hidup itu sendiri. "Untuk sastra, kesetaraan, persaudaraan, keadilan, martabat, dan kehormatan manusia selalu".

"Dedikasi"

"Pertama, kepada Allah, pencipta yang hidup semuanya; kepada para guru kehidupan yang selalu membimbing saya; kepada saudara-saudaraku, meskipun mereka tidak menyemangati aku; kepada semua orang yang belum mampu menyatukan kembali "kekuatan lawan" dalam hidup mereka.

"Kerajaan Surga itu seperti orang yang menabur benih yang baik di lapangan. Suatu malam, ketika semua sedang tidur, musuhnya datang dan menabur gulma di antara gandum, dan melarikan diri. Ketika gandum tumbuh, dan telinga mulai terbentuk, maka juga muncul gulma. Karyawan mencari pemiliknya dan berkata kepadanya. "Tuan, bukankah engkau benih yang begitu baik di ladangmu? Dari mana datang saat itu, gulma itu?" Pemiliknya menjawab: "Adalah musuh yang telah melakukan ini." Karyawan bertanya: "Haruskah kita mencabut gulma?" Pemiliknya menjawab: "Jangan. Bisa jadi setelah mencabut gulma, Anda juga mendapatkan gandum. Biarkan tumbuh bersama sampai panen. Dan pada saat panen, saya akan berkata kepada Penabur: Mulailah terlebih dahulu dengan gulma dan ikat dalam bundel untuk dibakar. Kemudian kumpulkan gandum ke dalam gudangku." Matius 13:24"30.

<u>Ringkasan</u>

Di rumah
Epilog

Perkenalan

"Kekuatan Lawan" menampilkan dirinya sebagai alternatif untuk mengatasi dua oposisi besar yang ada di masing-masing dari kita. Berapa kali dalam hidup kita dihadapkan dengan situasi di mana kedua alternatif memiliki keadaan yang menguntungkan dan tidak menguntungkan dan tindakan memilih salah satu dari mereka menjadi tantangan nyata. Kita harus belajar untuk merenungkan dan berpikir dengan hati-hati tentang jalan mana yang benar untuk diikuti dan konsekuensi dari pilihan itu. Akhirnya, kita perlu mengumpulkan "kekuatan yang berlawanan" dari hidup kita dan membuat mereka berbuah. Dengan demikian, kita dapat mencapai kebahagiaan yang sangat diinginkan.

Adapun aspek buku, kita dapat mengatakan bahwa itu berasal dari teriakan yang saya dengar di gua keputusasaan. Tangisan ini adalah penyebab dari semua petualangan yang diceritakan dalam buku ini. Misi tercapai; Saya harap saya telah mencapai tujuan saya yaitu membuat hanya satu orang bermimpi. Inilah yang saya usulkan bahkan lebih sekarang karena kita hidup di dunia yang penuh dengan kekerasan, kekejaman, dan ketidakadilan. "Kekuatan lawan" tidak akan pernah lagi sama setelah publikasi dan saya tidak sabar untuk memulai petualangan baru bersama dengan pembaca yang juga berniat untuk melakukannya.

Penulis

Era Baru

Setelah upaya yang gagal untuk menerbitkan buku, saya merasakan kekuatan saya pulih dan diperkuat. Bagaimanapun, saya percaya pada bakat saya dan saya memiliki keyakinan bahwa saya akan mewujudkan impian saya. Saya belajar bahwa segala sesuatu terjadi pada waktunya sendiri dan saya percaya diri saya cukup dewasa untuk mewujudkan tujuan saya. Ingatlah selalu: Ketika kita benar-benar menginginkan sesuatu, dunia berkonspirasi untuk mewujudkannya. Itulah yang saya rasakan: diperbarui dengan kekuatan. Menengok ke belakang, saya teringat akan karya-karya yang saya baca dahulu kala yang tentunya memperkaya budaya dan pengetahuan saya. Buku membawa kita melewati atmosfer dan alam semesta yang tidak kita kenal. Saya merasa bahwa saya perlu menjadi bagian dari sejarah ini, sejarah besar yaitu sastra. Tidak masalah jika saya tetap anonim atau menjadi penulis hebat yang diakui di seluruh dunia. Yang penting adalah kontribusi yang diberikan masing-masing untuk alam semesta yang besar ini.

Saya senang atas sikap baru ini dan saya bersiap untuk melakukan perjalanan yang hebat. Perjalanan ini akan mengubah nasib saya dan juga nasib mereka yang sabar membaca buku ini. Mari kita pergi bersama dalam petualangan ini.

Persiapan

Saya mengemas koper saya dengan barang-barang pribadi saya yang paling penting: Beberapa pakaian, beberapa buku bagus, salib dan kitab suci saya yang tidak terpisahkan dan beberapa kertas untuk ditulis. Saya merasa akan mendapatkan banyak inspirasi dari perjalanan ini. Siapa tahu, mungkin saya akan menjadi penulis kisah tak terlupakan yang turun dalam sejarah. Namun, sebelum saya pergi, saya harus mengucapkan selamat tinggal kepada semua (terutama ibu saya). Dia terlalu protektif dan tidak akan membiarkan saya pergi tanpa alasan yang baik atau setidaknya dengan janji bahwa saya akan segera kembali. Saya merasa bahwa suatu hari saya harus berseru kebebasan dan terbang sebagai burung yang telah menciptakan sayapnya sendiri ... dan dia harus memahami ini, karena saya bukan miliknya, melainkan milik alam semesta yang menyambut saya tanpa diperlukan apa pun dari saya sebagai imbalan. Demi alam semesta saya telah memutuskan untuk menjadi seorang penulis dan memenuhi peran saya serta mengembangkan bakat saya. Ketika saya tiba di ujung jalan dan telah membuat sesuatu dari diri saya sendiri, saya akan siap untuk masuk ke dalam persekutuan dengan pencipta dan mempelajari rencana baru. Saya yakin saya juga akan memiliki peran khusus di dalamnya.

Saya memegang koper saya dan dengan ini saya merasa kesedihan meningkat dalam diri saya. Berbagai pertanyaan muncul di benak dan mengganggu saya: Seperti apa perjalanan ini? Akankah hal yang tidak Selamat bersenang-senang berbahaya? Tindakan pencegahan apa yang harus saya ambil? Yang aku tahu adalah bahwa itu akan menarik untuk tujuan saya dan saya bersedia untuk melakukannya. Saya memegang koper saya (lagi) dan sebelum pergi, saya mencari keluarga saya untuk mengucapkan selamat tinggal. Ibuku sedang di dapur menyiapkan makan siang dengan adikku. Saya mendekat dan membahas masalah krusial.

"Lihat tas ini? Ini akan menjadi satu-satunya pendamping saya (kecuali Anda, pembaca) dalam perjalanan yang siap saya lakukan. Saya mencari kebijaksanaan, pengetahuan dan kesenangan dari profesi saya. Saya harap Anda berdua memahami dan menyetujui keputusan yang saya ambil. Datang; beri aku pelukan dan harapan baik.

"Anakku, lupakan tujuanmu karena itu mustahil bagi orang miskin seperti kita. Saya sudah mengatakan seribu kali: Anda tidak akan menjadi idola atau sejenisnya. Kau tahu, kau tidak dilahirkan untuk menjadi orang yang hebat " Kata Julieta, ibuku.

"Dengarkan ibu kita. Dia tahu apa yang dia bicarakan dan benar sekali. Impian Anda tidak mungkin karena Anda tidak memiliki bakat. Terimalah bahwa misi Anda hanyalah menjadi guru matematika sederhana. Anda tidak akan melangkah lebih jauh dari itu " Kata Dalva, Saudari saya.

"Jadi, tidak ada pelukan? Mengapa kalian tidak percaya bahwa saya bisa sukses? Saya jamin: Bahkan jika saya membayar untuk mewujudkan impian saya, saya akan sukses karena orang hebat adalah dia yang percaya pada dirinya sendiri. Saya akan melakukan perjalanan ini dan saya akan menemukan segala sesuatu yang perlu diungkapkan. Saya akan bahagia karena kebahagiaan terdiri dari mengikuti jalan yang dicerahkan Tuhan di sekitar kita sehingga kita menjadi pemenang.

Karena itu, saya mengarahkan diri saya ke pintu dengan kepastian bahwa saya akan menjadi pemenang dalam perjalanan ini: perjalanan yang akan membawa saya ke tujuan yang tidak Selamat bersenang-senang.

Gunung Suci

Dahulu kala, saya mendengar tentang gunung yang sangat tidak ramah di daerah Pesqueira. Ini adalah bagian dari pegunungan Ororubá (nama asli) tempat tinggal masyarakat adat Xukuru. Mereka mengatakan bahwa itu menjadi suci setelah kematian dukun misterius dari salah satu suku Xukuru. Ia mampu membuat keinginan menjadi kenyataan, selama niatnya murni dan tulus. Ini adalah titik awal perjalanan saya yang bertujuan untuk membuat yang tidak mungkin menjadi mungkin. Apakah Anda percaya pembaca? Kemudian tetap dengan saya memberikan perhatian khusus pada narasinya.

Mengikuti jalan raya BR-232, Menuju ke kota Pesqueira, kira-kira lima belas mil dari pusat, adalah Mimoso, salah satu distriknya. Sebuah jembatan modern, yang baru dibangun, memberikan akses ke tempat di antara pegunungan Mimoso dan Ororubá, bermandikan Sungai Mimoso yang mengalir ke dasar lembah. Gunung suci tepat pada titik ini dan di sanalah saya mengemudi.

Gunung suci itu terletak di sebelah kabupaten dan dalam waktu singkat saya berada di kaki gunung itu. Pikiranku mengembara melalui ruang dan waktu yang jauh membayangkan situasi dan fenomena yang tidak Selamat bersenang-senang. Apa yang menungguku saat mendaki gunung ini? Ini pasti akan menghidupkan kembali dan merangsang pengalaman. Gunung ini bertubuh pendek (2.300 kaki) dan dengan setiap langkah saya merasa lebih percaya diri, tetapi juga penuh harapan. Kenangan muncul di benak saya tentang pengalaman intens yang telah saya jalani selama dua puluh enam tahun saya. Dalam kurun waktu yang singkat ini, ada banyak kejadian luar biasa yang membuat saya percaya bahwa saya istimewa. Secara bertahap, saya bisa berbagi kenangan ini dengan Anda, pembaca, tanpa rasa bersalah. Namun, ini bukan waktunya. Saya akan terus mendaki gunung untuk mencari semua keinginan saya. Inilah yang saya harapkan dan untuk pertama kalinya saya lelah. Saya telah menempuh setengah dari rute tersebut. Saya tidak merasakan kelelahan fisik tetapi terutama mental karena suara-suara aneh yang meminta saya untuk kembali. Mereka cukup bersikeras. Namun, saya tidak mudah menyerah. Saya ingin mencapai puncak gunung untuk segala sesuatu yang berharga. Gunung bernafas bagi saya dengan hawa perubahan yang memancarkan bagi mereka yang percaya pada kesuciannya. Ketika saya sampai di sana, saya pikir saya akan tahu persis apa yang harus saya lakukan untuk mencapai jalan yang akan menuntun saya melalui perjalanan yang telah lama saya nantikan ini. Saya menjaga iman dan tujuan saya karena saya memiliki Tuhan yang merupakan Tuhan yang mustahil. Ayo terus berjalan.

Aku sudah melewati tiga perempat jalan tapi tetap saja aku dikejar oleh suara-suara itu. Siapa saya? Kamana aku akan pergi? Mengapa saya merasa hidup saya akan berubah secara dramatis setelah pengalaman di gunung? Terlepas dari suara-suara itu, sepertinya saya sendirian di jalan. Mungkinkah penulis lain merasakan hal yang sama melalui jalan suci? Saya pikir mistisisme tidak akan seperti yang lain. Saya harus melanjutkan, saya harus mengatasi dan menahan semua rintangan. Duri yang melukai tubuh saya sangat berbahaya bagi manusia. Jika saya selamat dari pendakian ini, saya sudah menganggap diri saya sebagai pemenang.

Selangkah demi selangkah, saya semakin dekat ke puncak. Saya sudah hanya beberapa meter darinya. Keringat yang mengalir di tubuhku sepertinya tertanam dengan aroma sakral gunung. Saya berhenti sebentar. Akankah orang yang saya cintai khawatir? Nah, itu tidak masalah sekarang. Saya harus memikirkan diri saya sendiri, saat ini, untuk mencapai puncak gunung. Masa depan saya bergantung padanya. Tinggal beberapa langkah lagi dan saya sampai di puncak. Angin dingin bertiup, suara-suara tersiksa membingungkan alasan saya dan saya merasa tidak enak badan. Suara-suara itu berteriak:

"Dia berhasil, dia akan dihadiahkan! -Apakah Dia layak? -Bagaimana dia berhasil mendaki seluruh gunung? Saya bingung dan pusing; Saya tidak berpikir saya baik-baik saja.

Burung menangis, dan matahari benar-benar membelai wajahku. Saya merasa seolah-olah saya mabuk sehari sebelumnya. Saya mencoba untuk bangkit tetapi sebuah lengan menghalangi saya. Saya melihat bahwa di sisi saya adalah seorang wanita paruh baya, dengan rambut merah dan kulit kecokelatan.

"Kamu siapa? Apa yang terjadi padaku Seluruh tubuhku sakit. Pikiranku terasa bingung dan kabur. Apakah berada di puncak gunung yang menyebabkan semua ini? Saya pikir saya seharusnya tetap tinggal di rumah saya. Impian saya telah mendorong saya hingga saat ini. Saya mendaki gunung secara perlahan, penuh harapan untuk masa depan yang lebih baik dan beberapa arah menuju pertumbuhan pribadi. Namun, saya praktis tidak bisa bergerak. Jelaskan semua ini kepada saya, saya mohon.

"Aku adalah penjaga gunung. Akulah roh Bumi yang berhembus ke sini dan kamu. Saya dikirim ke sini karena Anda memenangkan tantangan. Apakah Anda ingin mewujudkan impian Anda? Saya akan membantu Anda melakukannya, anak Tuhan! Anda masih memiliki banyak tantangan untuk dihadapi. Saya akan mempersiapkan Anda. Jangan takut. Tuhanmu bersamamu. Istirahat sebentar. Saya akan kembali dengan makanan dan air untuk memenuhi kebutuhan Anda. Sementara itu, rileks dan bermeditasi seperti yang biasa Anda lakukan.

Karena itu, wanita itu menghilang dari pandanganku. Gambar yang mengganggu ini membuat saya lebih tertekan dan penuh keraguan. Tantangan apa yang harus saya menangkan? Terdiri dari langkah-langkah apa tantangan ini? Puncak gunung benar-benar tempat yang sangat indah dan tenang. Dari atas, terlihat gumpalan kecil rumah-rumah di Mimoso. Ini adalah dataran tinggi yang dipenuhi dengan jalur curam yang penuh dengan tumbuhan di semua sisinya. Tempat suci ini, tidak tersentuh oleh alam, akankah itu benar-benar memenuhi rencanaku? Apakah itu akan menjadikan saya seorang penulis setelah kepergian saya? Hanya waktu yang bisa menjawab pertanyaan-pertanyaan ini. Karena wanita itu butuh waktu lama, saya mulai bermeditasi di puncak gunung. Saya menggunakan teknik berikut: Pertama, saya menjernihkan pikiran (bebas dari pikiran apa pun). Saya mulai selaras dengan alam di sekitar saya, secara mental merenungkan seluruh tempat. Dari sana, saya mulai memahami bahwa saya adalah bagian dari alam dan bahwa kita sepenuhnya terhubung dalam sebuah ritual persekutuan yang agung. Keheningan saya adalah keheningan Ibu Pertiwi; tangisanku juga tangisannya; Lambat laun, saya mulai merasakan keinginan dan aspirasinya, begitu pula sebaliknya. Saya merasakan tangisan tertekannya untuk meminta tolong agar hidupnya diselamatkan dari kehancuran manusia: Penggundulan hutan, penambangan yang berlebihan, perburuan dan penangkapan ikan, emisi gas polutan ke atmosfer dan kekejaman manusia lainnya. Demikian juga, dia mendengarkan saya dan mendukung saya dalam semua rencana saya. Kami benar-benar saling terkait selama meditasi saya. Semua harmoni dan keterlibatan telah membuat saya benar-benar tenang dan berkonsentrasi pada keinginan saya. Sampai sesuatu berubah: Saya merasakan sentuhan yang sama yang pernah membangunkan saya. Aku membuka mataku, perlahan, dan melihat bahwa aku berhadapan langsung dengan wanita yang sama yang menyebut dirinya penjaga gunung suci.

"Aku melihat bahwa kamu memahami rahasia meditasi. Gunung telah membantu Anda menemukan sedikit potensi Anda. Anda akan tumbuh dalam banyak hal. Saya akan membantu Anda selama proses ini. Pertama, saya meminta Anda beralih ke alam untuk menemukan kasau, bilah, alat peraga, dan tali untuk mendirikan gubuk, lalu kayu bakar untuk membuat api unggun. Malam sudah dekat dan Anda harus melindungi diri dari binatang buas. Mulai besok, saya akan mengajari Anda kebijaksanaan hutan sehingga Anda dapat mengatasi tantangan sebenarnya: Gua keputusasaan. Hanya orang yang berhati murni yang selamat dari api analisisnya. Apakah Anda ingin mewujudkan impian Anda? Kemudian bayar harga untuk mereka. Alam semesta tidak memberikan apa-apa gratis. Kitalah yang harus menjadi layak untuk mencapai kesuksesan. Ini adalah pelajaran yang harus kamu pelajari, anakku.

"Saya mengerti. Mudah-mudahan saya akan mempelajari semua yang saya butuhkah untuk mengatasi tantangan gua. Saya tidak tahu apa itu tapi saya yakin. Jika saya berhasil mengalahkan gunung, saya juga akan berhasil di dalam gua. Ketika saya pergi, saya pikir saya akan siap untuk menang dan sukses.

"Tunggu, jangan terlalu percaya diri. Anda tidak tahu gua yang saya bicarakan. Ketahulah bahwa banyak pejuang telah dicoba oleh apinya dan dihancurkan. Gua itu tidak menunjukkan belas kasihan kepada siapa pun, bahkan para pemimpi. Bersabarlah dan pelajari semua yang akan saya ajarkan kepada Anda. Dengan demikian, Anda akan menjadi pemenang sejati. Ingat: Kepercayaan diri membantu, tetapi hanya dengan jumlah yang tepat.

"Saya mengerti. Terima kasih atas semua saran Anda. Saya berjanji kepada Anda bahwa saya akan mengikutinya sampai akhir. Ketika keputusasaan keraguan menerpa saya, saya akan mengingatkan diri saya akan kata-kata Anda dan juga mengingatkan diri saya sendiri bahwa Tuhan saya akan selalu menyelamatkan saya. Ketika tidak ada jalan keluar di malam yang gelap jiwa saya tidak akan takut. Aku akan mengalahkan gua keputusasaan, gua yang tak seorang pun bisa lolos!

Wanita itu mengucapkan selamat tinggal secara damai menjanjikan kembali pada hari lain.

Pondok

Hari baru muncul. Burung bersiul dan menyanyikan melodi mereka, angin timur laut dan angin sepoi-sepoi menyegarkan matahari yang terbit sangat terik sepanjang tahun ini. Saat ini, bulan Desember dan bagi saya bulan ini merupakan salah satu bulan terindah karena merupakan awal liburan sekolah. Ini adalah istirahat yang layak setelah tahun yang panjang didedikasikan untuk belajar di kursus Matematika perguruan tinggi; Saat Anda bisa melupakan semua integral, turunan, dan koordinat kutub. Sekarang saya perlu khawatir tentang semua tantangan yang akan dilemparkan hidup kepada saya. Mimpiku bergantung padanya. Punggung saya sakit akibat tidur malam yang buruk terbaring di atas tanah yang telah saya persiapkan sebagai tempat tidur. Gubuk yang saya bangun dengan usaha yang luar biasa dan api yang saya nyalakan memberi saya keamanan yang cukup di malam hari. Namun, saya mendengar lolongan dan langkah kaki di luarnya. Kamana impian saya membawa saya? Jawabannya adalah ke ujung dunia di mana peradaban belum tiba. Apa yang akan Anda lakukan, pembaca? Apakah Anda juga akan mengambil risiko melakukan perjalanan untuk mewujudkan impian terdalam Anda? Mari lanjutkan narasinya.

Terbungkus dalam pikiran dan pertanyaan saya sendiri, sedikit yang saya sadari bahwa, di sisi saya, adalah wanita aneh yang berjanji untuk membantu saya dalam perjalanan saya.

“Apakah kamu tidur dengan nyenyak?

“Jika baik berarti saya masih utuh, ya.

“Sebelumnya, saya harus memperingatkan Anda bahwa tanah yang Anda tapaki adalah suci. Karena itu, jangan terkecoh oleh penampilan atau impulsif. Hari ini adalah tantangan pertama Anda. Aku tidak akan membawakanmu makanan atau air lagi. Anda akan menemukannya dengan akun Anda sendiri. Ikuti kata hati Anda dalam segala situasi. Anda harus membuktikan bahwa Anda layak.

“Ada makanan dan air di semak ini dan aku harus mengumpulkannya? Lihat, Nyonya, saya terbiasa berbelanja di supermarket. Lihat kabin ini? Hal ini telah membuat saya berkeringat dan menangis, dan saya tetap tidak berpikir bahwa itu aman. Mengapa Anda tidak memberi saya hadiah yang saya butuhkah? Saya pikir saya telah membuktikan diri saya layak saat saya mendaki gunung yang curam itu.

"Cari makanan dan air. Gunung hanyalah satu langkah dalam proses peningkatan spiritual Anda. Anda masih belum siap. Saya harus mengingatkan Anda bahwa saya tidak memberikan hadiah. Saya tidak punya kekuatan untuk melakukannya. Saya hanyalah anak panah yang menunjukkan jalan. Gua inilah yang mengabulkan keinginan Anda. Itu disebut gua keputusasaan yang dicari oleh mereka yang mimpinya menjadi tidak mungkin.

"Aku akan mencoba. Saya tidak akan rugi apa-apa. Gua adalah harapan terakhir saya untuk sukses.

Setelah mengatakan ini, saya bangun dan memulai tantangan pertama. Wanita itu menghilang seperti asap.

Tantangan Pertama

Sekilas, saya melihat bahwa di depan saya ada jalan setapak. Saya mulai menuruninya. Sebagai pengganti semak yang penuh duri, yang terbaik adalah mengikuti jejak. Batu-batu yang disapu langkahku sepertinya memberitahuku sesuatu. Mungkinkah saya berada di jalan yang benar? Saya memikirkan semua yang saya tinggalkan untuk mencari impian saya: Rumah, makanan, pakaian bersih, dan buku matematika saya. Apakah ini sangat berharga? Saya pikir saya akan mencari tahu. (Waktu akan menjawab). Wanita aneh itu sepertinya tidak memberitahuku segalanya. Semakin banyak saya berjalan, semakin sedikit yang saya temukan. Bagian atas tampaknya tidak seluas sekarang setelah saya tiba. Sebuah cahaya ... Saya melihat cahaya di depan. Saya harus pergi ke sana. Saya tiba di tempat terbuka yang luas di mana sinar matahari memantulkan dengan jelas penampakan gunung. Jejak itu berakhir dan terlahir kembali ke dalam dua jalan yang berbeda. Apa yang saya lakukan? Saya telah berjalan berjam-jam dan kekuatan saya sepertinya telah habis. Saya duduk sejenak untuk istirahat. Dua jalur dan dua pilihan. Berapa kali dalam hidup kita dihadapkan pada situasi seperti ini; Pengusaha yang harus memilih antara kelangsungan hidup perusahaan atau pemberhentian beberapa karyawan; Ibu miskin dari daerah pedalaman di bagian Timur Laut Brasil, yang harus memilih salah satu anaknya untuk diberi makan; Suami yang tidak setia yang harus memilih antara istri dan majikannya; Bagaimanapun, ada banyak situasi berbeda dalam hidup. Keuntungan saya adalah pilihan saya hanya akan mempengaruhi diri saya sendiri. Saya harus mengikuti intuisi saya seperti yang direkomendasikan wanita itu.

Saya bangun dan saya memilih jalan di sebelah kanan. Saya membuat langkah besar di jalan ini dan tidak butuh waktu lama untuk melihat tempat terbuka lainnya. Kali ini, saya menemukan genangan air dan beberapa hewan di sekitarnya. Mereka mendinginkan diri di air yang jernih dan transparan. bagaimana saya harus melanjutkan? Saya akhirnya menemukan air tetapi penuh dengan binatang. Saya berkonsultasi dengan hati saya dan itu memberi tahu saya bahwa setiap orang berhak atas air. Saya tidak bisa begitu saja menembak mereka dan menghilangkannya juga. Alam memberikan sumber daya yang melimpah untuk kelangsungan hidup masyarakatnya. Saya hanyalah salah satu untaian di web yang terjalinnya. Saya tidak superior sampai saya menganggap diri saya masternya. Dengan tangan saya, saya meraih air dan menuangkannya ke dalam panci kecil yang saya bawa dari rumah. Bagian pertama dari tantangan tersebut terpenuhi. Sekarang saya harus mencari makanan.

Saya terus berjalan, di jalan setapak, berharap menemukan sesuatu untuk dimakan. Perutku keroncongan karena sudah lewat siang. Saya mulai melihat ke sisi jalan setapak. Mungkin makanannya ada di dalam hutan. Seberapa sering kita mencari jalan termudah tetapi bukan itu yang mengarah pada kesuksesan? (Tidak setiap pendaki yang mengikuti jalan setapak adalah yang pertama mencapai puncak gu-

Saya segera menjawab:

“Tentu, dan dengan semua keberadaan saya.

Seketika, dia meletakkan tangannya di atas kepala saya dan berdoa:

“Semoga Tuhan kemuliaan menutupi Anda dalam terang dan memberi Anda banyak hadiah.

Mengatakan ini, dia pergi, dan ketika aku menyadarinya, dia tidak lagi di sisiku. Dia menghilang begitu saja.

Itu adalah penampakan pertama Perawan dalam hidupku. Sekali lagi, menyamar sebagai pengemis, dia mendatangi saya untuk meminta kembalian. Dia berkata bahwa dia adalah seorang petani dan belum pensiun. Dengan mudah, saya memberinya beberapa koin yang saya miliki di saku saya. Setelah menerima uang itu, dia berterima kasih kepada saya dan ketika saya menyadarinya, dia telah menghilang. Di gunung, pada saat itu, aku sama sekali tidak ragu bahwa Tuhan mencintaiku dan Dia ada di sisiku. Oleh karena itu, saya menanggapi hantu dengan kekasaran tertentu.

“Aku tidak akan mendengarkan nasihatmu. Saya tahu batasan dan keyakinan saya. Pergi! Pergi menghantui rumah atau semacamnya. Tinggalkan aku sendiri!

Lampu padam dan aku mendengar suara langkah meninggalkan gubuk. Saya bebas dari hantu.

Hari yang menentukan

Tiga hari telah berlalu sejak tantangan kedua. Saat itu Jumat pagi, cerah, cerah, dan cerah. Saya sedang merenungkan cakrawala pagi ini ketika wanita asing itu mendekat.

“Apakah kamu siap? Cari kejadian yang tidak biasa di hutan dan bertindak sesuai dengan prinsip Anda. Ini adalah ujian kedua Anda.

"Baiklah, selama tiga hari aku menunggu momen ini. Saya pikir saya sudah siap.

Terburu-buru, saya menuju ke jalan setapak terdekat yang memberikan akses ke hutan. Langkahku mengikuti dengan irama yang hampir seperti musik. Apa sebenarnya tantangan kedua ini? Kegelisahan menguasai saya dan langkah saya dipercepat untuk mencari tujuan yang tidak Selamat bersenang-senang. Tepat di depan muncul sebuah celah di jalan setapak yang menyimpang dan terpisah. Tetapi ketika saya sampai di sana, yang mengejutkan saya, percabangan itu hilang dan saya malah melihat adegan berikut: seorang anak laki-laki, diseret oleh orang dewasa, menangis dengan keras. Emosi menguasai saya di hadapan ketidakadilan dan oleh karena itu saya berseru:

"Biarkan anak itu pergi! Dia lebih kecil dari Anda dan tidak bisa membela diri.

"Saya tidak akan! Saya memperlakukan dia seperti ini karena dia tidak mau bekerja.

"Kau raksasa! Anak laki-laki kecil seharusnya tidak bekerja. Mereka harus belajar dan berpendidikan tinggi. Lepaskan dia!

"Siapa yang akan membuatku, kamu?

Saya sepenuhnya menentang kekerasan tetapi pada saat ini hati saya meminta saya untuk bereaksi sebelum sampah ini. Anak itu harus dibebaskan.

Dengan lembut, saya mendorong anak laki-laki itu menjauh dari orang yang kejam dan kemudian mulai memukuli pria itu. Bajingan itu bereaksi dan memberi saya beberapa pukulan. Salah satu dari mereka mengejutkan saya. Dunia berputar dan angin kencang yang menembus menyerbu seluruh keberadaan saya: Awan putih dan biru bersama dengan burung cepat menyerbu pikiran saya. Dalam sekejap, sepertinya seluruh tubuhku melayang di langit. Suara samar memanggilku dari jauh. Di saat lain seolah-olah saya melewati pintu, satu demi satu sebagai rintangan. Pintunya terkunci dengan baik dan butuh banyak usaha untuk membukanya. Setiap pintu memberikan akses ke salon atau tempat suci, pada gilirannya. Di ruang pertama saya menemukan orang-

memukul kepalanya dengan batu yang saya ambil di dalam gua. Dia jatuh pingsan. Saya benar-benar menolak kekerasan, tetapi dalam kasus ini, itu sangat diperlukan. Saya ingin pergi ke skenario kedua dan menemukan rahasia gua. Saya mulai berjalan lagi dan saya tetap memperhatikan serta melindungi diri dari jebakan baru. Dengan kelembapan rendah, angin bertiup dan saya menjadi lebih nyaman. Saya merasakan arus pikiran positif yang dikirim oleh Guardian. Gua itu semakin gelap, mengubah dirinya sendiri. Labirin virtual muncul dengan sendirinya. Jebakan gua lainnya. Pintu masuk labirin terlihat dengan sempurna. Tapi di mana aku bisa menemukan jalan keluar? Bagaimana cara saya masuk dan tidak tersesat? Saya hanya punya satu pilihan: Menyeberangi labirin dan mengambil risiko. Saya membangun keberanian saya dan mulai mengambil langkah pertama menuju pintu masuk labirin. Berdoa, pembaca, agar saya menemukan jalan keluar. Saya tidak punya strategi dalam pikiran. Saya pikir saya harus menggunakan pengetahuan saya untuk mengeluarkan saya dari kekacauan ini. Dengan keberanian dan keyakinan, saya menyelidiki labirin itu. Tampaknya lebih membingungkan di dalam daripada di luar. Dindingnya lebar dan berliku-liku. Saya mulai mengingat saat-saat dalam hidup di mana saya menemukan diri saya tersesat seolah-olah dalam labirin. Kematian ayah saya, yang masih sangat muda, merupakan pukulan nyata dalam hidup saya. Waktu yang saya habiskan untuk menganggur dan tidak belajar juga membuat saya merasa tersesat seperti di labirin. Saya sekarang berada dalam situasi yang sama. Saya terus berjalan dan sepertinya labirin tidak ada habisnya. Pernahkah Anda merasa putus asa? Itulah yang saya rasakan, benar-benar putus asa. Inilah mengapa ia dinamai Gua Keputusasaan. Aku mengumpulkan kekuatan terakhirku dan bangun. Saya perlu mencari jalan keluar dengan biaya berapa pun. Satu ide terakhir menghantam saya; Saya melihat ke langit-langit dan melihat banyak kelelawar. Saya akan mengikuti salah satunya. Aku akan memanggilnya "penyihir". Seorang penyihir akan mampu menaklukkan labirin. Itulah yang aku butuh kan. Kelelawar itu terbang dengan kecepatan tinggi dan saya harus mengikutinya. Untung saya bugar secara fisik, hampir seperti atlet. Saya melihat cahaya di ujung terowongan, atau lebih baik lagi, di ujung labirin.

Ujung labirin telah membawaku ke pemandangan aneh di galeri gua. Sebuah ruangan yang terbuat dari cermin. Saya berjalan dengan hati-hati karena takut merusak sesuatu. Saya melihat bayangan saya di cermin. Siapa saya sekarang Seorang pemimpi muda yang malang akan menemukan takdirnya. Saya terlihat sangat khawatir. Apa maksud semua ini? Dinding, langit-langit, lantai semuanya tersusun dari kaca. Saya menyentuh permukaan cermin. Materi sangat rapuh tetapi dengan setia mencerminkan aspek diri seseorang. Dalam sekejap gambar yang berbeda muncul di tiga cermin, seorang anak kecil, seorang pemuda memegang peti mati, dan seorang lelaki tua. Mereka semua adalah aku. Apakah itu sebuah visi? Sungguh, saya memiliki aspek seperti anak kecil seperti kemurnian, kepolosan dan keyakinan pada orang. Saya tidak berpikir bahwa saya ingin menyingkirkan kualitas-kualitas ini. Pemuda berusia lima belas tahun mewakili fase menyakitkan dalam hidup saya: Kehilangan ayah saya. Terlepas dari caranya yang kaku dan menyendiri, dia adalah ayahku. Saya masih mengingatnya dengan nostalgia. Pria tua itu mewakili masa depan saya. Bagaimana jadinya? Apakah saya akan sukses? Menikah, lajang atau bahkan janda? Saya tidak ingin menjadi orang tua yang memberontak atau terluka. Cukup dengan gambar-gambar ini. Hadiah saya sekarang. Saya seorang pria muda berusia dua puluh enam tahun, dengan gelar di bidang Matematika, seorang penulis. Saya bukan lagi seorang anak-anak, atau lima belas tahun yang kehilangan ayahnya. Saya juga bukan orang tua. Saya memiliki masa depan di depan saya dan saya ingin bahagia. Saya bukan salah satu dari tiga gambar ini. Saya sendiri Akibatnya, tiga cermin di mana individu-individu itu muncul pecah dan sebuah pintu muncul. Ini adalah jalan masuk saya ke skenario ketiga dan terakhir.

Saya membuka pintu yang memberikan akses ke galeri baru. Apa yang menanti saya dalam skenario ketiga? Bersama-sama mari kita lanjutkan, pembaca. Saya mulai berjalan dan jantung saya berdegup kencang seolah-olah saya masih di adegan pertama. Saya telah mengatasi banyak tantangan dan jebakan dan sudah menganggap diri saya sebagai pemenang. Dalam benak saya, saya mencari kenangan masa lalu ketika saya bermain di gua-gua kecil. Situasinya sekarang benar-benar berbeda. Gua itu sangat besar dan penuh dengan jebakan. Senter saya hampir mati. Saya terus berjalan dan lurus ke depan muncul jebakan baru: Dua pintu. "Kekuatan lawan" berteriak dalam diriku. Itu perlu untuk membuat pilihan baru. Salah satu tantangan muncul di benak saya, dan saya ingat bagaimana saya memiliki keberanian untuk mengatasinya. Saya memilih jalan di sebelah kanan. Situasinya berbeda karena saya berada di dalam gua yang gelap dan lembah. Saya telah membuat pilihan tetapi juga mulai mengingat kata-kata wali yang berbicara tentang belajar. Saya perlu mengetahui kedua kekuatan tersebut untuk memiliki kendali penuh atas mereka. Saya memilih pintu di sebelah kiri. Saya membukanya perlahan; takut akan apa yang mungkin disembunyikannya. Saat saya membukanya, saya merenungkan sebuah penglihatan: Saya berada di dalam kuil, dipenuhi dengan gambar orang-orang suci dengan piala di atas altar. Mungkinkah , piala Kristus yang hilang yang memberikan awet muda bagi mereka yang meminumnya? Kakiku gemetar. Secara impulsif, saya berlari menuju piala dan mulai meminumnya. Anggur rasanya surgawi, dari para Dewa. Saya merasa pusing, dunia berputar, para malaikat bernyanyi dan dasar gua bergidik. Saya memiliki visi pertama saya: Saya melihat seorang Yahudi bernama Yesus, bersama dengan para rasulnya, menyembuhkan, membebaskan dan mengajarkan perspektif baru kepada umatnya. Saya melihat seluruh lintasan keajaiban dan cintanya. Saya juga melihat pengkhianatan Yudas dan Iblis terjadi di belakang punggungnya. Akhirnya, saya melihat kebangkitan dan kemuliaan-Nya. Saya mendengar suara yang mengatakan kepada saya: Ajukan permintaan Anda. Bergema dengan gembira saya berseru: Saya ingin menjadi Cenayang!

Keajaiban

Segera setelah permintaan saya, kuil itu bergetar, dipenuhi asap dan saya dapat mendengar suara-suara yang berubah. Apa yang mereka ungkapkan benar-benar rahasia. Api kecil muncul dari piala dan mendarat di tangan saya. Cahayanya menembus dan menerangi seluruh gua. Dinding gua berubah dan memberi jalan ke pintu kecil yang muncul. Itu terbuka dan angin kencang mulai mendorong saya ke sana. Semua usaha saya muncul di benak saya: Dedikasi saya untuk belajar, cara saya mengikuti hukum Tuhan dengan sempurna, mendaki gunung, tantangan, dan bahkan jalan masuk ke dalam gua ini. Semua ini memberi saya pertumbuhan spiritual yang menakjubkan. Saya sekarang siap untuk bahagia dan mewujudkan impian saya. Gua keputusasaan yang sangat ditakuti telah memaksa saya untuk mengajukan permintaan saya. Saya juga ingat di saat yang agung ini semua orang yang telah berkontribusi pada kemenangan saya secara langsung atau tidak langsung: Guru sekolah dasar saya, Bu Socorro, yang mengajari saya membaca dan menulis, guru kehidupan saya, teman sekolah dan pekerjaan saya, keluarga saya dan wali yang membantu saya mengatasi tantangan dan gua ini. Angin kencang terus mendorong saya ke pintu dan segera saya akan berada di dalam ruang rahasia.

Kekuatan yang mendorong saya akhirnya berhenti. Pintunya tertutup. Saya berada di ruangan yang sangat besar yang tinggi dan gelap. Di sisi kanan ada topeng, lilin, dan Alkitab. Di sebelah kiri adalah jubah, tiket dan salib. Di tengah, di atas, ada peralatan melingkar yang tampak menarik yang terbuat dari besi. Saya berjalan ke sisi kanan: Saya memakai topeng, mengambil lilin dan membuka Alkitab ke halaman acak. Saya berjalan ke sisi kiri: Saya mengenakan jubah, menulis nama dan alias saya di tiket dan mengamankan salib dengan tangan yang lain. Aku berjalan ke tengah dan aku berdiri tepat di bawah peralatan. Saya mengucapkan empat huruf ajaib: Peramal. Segera, lingkaran cahaya dipancarkan oleh perangkat dan menyelimuti saya sepenuhnya. Saya mencium dupa yang dibakar setiap hari untuk mengenang para pemimpi besar: Martin Luther King, Nelson Mandela, Bunda Teresa, Francius dari Assisi dan Yesus Kristus. Tubuhku bergetar dan mulai mengapung. Indra saya mulai terbangun dan bersama mereka saya bisa mengenali perasaan dan niat lebih dalam. Karunia saya diperkuat dan dengan itu saya dapat melakukan mukjizat dalam ruang dan waktu. Lingkaran semakin menutup dan setiap perasaan bersalah, intoleransi, dan ketakutan dihapus dari pikiran saya. Saya hampir siap: Serangkaian penglihatan mulai muncul dan membingungkan saya. Akhirnya, lingkaran itu keluar. Dalam sekejap, serangkaian pintu terbuka dan dengan hadiah baru saya, saya dapat melihat, merasakan, dan mendengar dengan sempurna. Jeritan karakter yang ingin terwujud, waktu dan tempat yang berbeda mulai muncul dan pertanyaan penting mulai merusak hati saya. Tantangan menjadi waskita diluncurkan.

Keluar dari Gua

Tantangan ini hampir menghancurkan saya. Penyelamatku adalah Penyihir, kelelawar yang membantuku menemukan jalan keluar. Sekarang saya tidak diperlukannya lagi karena dengan kekuatan waskita saya, saya dapat dengan mudah melewatinya. Saya memiliki karunia bimbingan dalam lima bidang. Seberapa sering kita merasa seperti tersesat dalam labirin: Saat kita kehilangan pekerjaan; Saat kita kecewa dengan cinta besar dalam hidup kita; Ketika kita menentang otoritas atasan kita; Saat kita kehilangan harapan dan kemampuan untuk bermimpi; Ketika kita berhenti menjadi murid kehidupan dan ketika kita kehilangan kemampuan untuk mengarahkan takdir kita sendiri. Ingat: Alam semesta mempengaruhi orang tersebut tetapi kitalah yang harus melakukannya dan membuktikan bahwa kita layak. Itulah yang saya lakukan. Saya mendaki gunung, melakukan tiga tantangan, memasuki gua, mengalahkan jebakannya dan saya mencapai tujuan saya. Saya melewati labirin dan itu tidak membuat saya bahagia karena saya sudah memenangkan tantangan. Saya berniat mencari cakrawala baru. Saya telah berjalan sekitar dua mil antara ruang rahasia, skenario kedua dan ketiga dan dengan kesadaran ini saya merasa sedikit lelah. Saya merasa keringat bercucuran; Saya juga merasakan tekanan udara dan kelembapan rendah. Saya mendekati ninja, musuh besar saya. Dia sepertinya masih tersingkir. Maaf aku memperlakukanmu seperti itu tapi mimpiku, harapanku, dan takdirku dipertaruhkan. Seseorang harus membuat keputusan penting dalam situasi penting. Ketakutan, rasa malu, dan moralitas hanya menghalangi alih-alih membantu. Saya membelai wajahnya dan saya mencoba memulihkan kehidupan di tubuhnya. Saya bertindak dengan cara ini karena kita bukan lagi musuh tetapi rekan dalam episode ini. Dia mengangkat dan dengan membungkuk dalam dia memberi selamat padaku. Semuanya tertinggal: Pertarungan, "kekuatan lawan" kami, bahasa kami yang berbeda, dan tujuan kami yang berbeda. Kita hidup dalam situasi yang berbeda dari sebelumnya. Kita bisa berbicara, memahami satu sama lain, dan siapa tahu, bahkan mungkin berteman. Demikianlah pepatah berikut: Jadikan musuhmu sebagai teman yang setia dan setia. Akhirnya, dia memeluk saya, mengucapkan selamat tinggal dan mendoakan saya. Saya membalas. Dia akan terus membentuk bagian dari misteri gua dan saya akan menjadi bagian dari misteri kehidupan dan dunia. Kami adalah "kekuatan lawan" yang telah menemukan satu sama lain. Inilah tujuan saya dalam buku ini: untuk menyatukan kembali "kekuatan yang berlawanan". Saya terus berjalan di galeri yang memberikan akses ke skenario pertama. Saya merasa percaya diri dan benar-benar tenang tidak seperti saat pertama kali masuk ke dalam gua. Ketakutan, kegelapan dan yang tak terduga semuanya membuatku takut. Tiga pintu yang menandakan kebahagiaan, ketakutan, dan kegagalan membantu saya untuk berevolusi dan memahami pengertian tentang berbagai hal. Kegagalan mewakili segala sesuatu yang kita hindari tanpa mengetahui alasannya. Kegagalan harus selalu menjadi momen pembelajaran. Di sinilah manusia menemukan bahwa ia tidak sempurna, bahwa jalannya masih belum ditarik dan inilah saat rekonstruksi. Inilah yang harus selalu kita lakukan: Terlahir kembali. Ambil contoh pohon: Mereka kehilangan daunnya, tapi tidak nyawanya. Marilah kita menjadi apa adanya: Metamorfosis berjalan. Hidup diperlukan ini. Ketakutan hadir setiap kali kita merasa terancam atau tertindas. Ini adalah titik awal untuk kegagalan baru. Atasi ketakutan Anda dan temukan bahwa itu hanya ada dalam imajinasi Anda. Saya telah menutupi sebagian besar galeri gua dan pada saat ini, saya melewati pintu kebahagiaan. Setiap orang dapat melewati pintu ini dan meyakinkan diri mereka sendiri bahwa kebahagiaan itu ada dan dapat dicapai jika kita benar-benar selaras dengan alam semesta. Ini relatif sederhana. Pekerja, tukang batu, petugas kebersihan dengan senang hati memenuhi misi mereka; Petani, penanam tebu, koboi dengan senang hati mengumpulkan hasil kerja mereka; guru dalam proses belajar mengajar; penulis dalam menulis dan membaca; pastor yang menyebutkan Minggu Suci, dan anak-anak yang diperlukan, yatim piatu, dan pengemis dengan senang hati menerima kata-kata kasih sayang dan perhatian. Kebahagiaan ada di dalam diri kita dan diharapkan terus ditemukan. Agar benar-benar bahagia, kita harus melupakan kebencian, gosip, kegagalan, ketakutan, dan rasa malu. Saya terus berjalan dan saya melihat semua jebakan yang saya kelola dan bertanya-tanya terbuat dari apa orang jika mereka tidak memiliki keyakinan, jalan, atau takdir. Tak satu pun dari mereka akan selamat dari perangkap karena mereka tidak memiliki jaring pengaman, cahaya atau kekuatan yang mendukung mereka. Manusia tidak ada artinya jika dia sendirian. Dia hanya membuat sesuatu dari dirinya sendiri ketika dia terhubung dengan kekuatan kemanusiaan. Dia hanya bisa mendapatkan tempatnya jika dia sepenuhnya selaras dengan alam semesta. Itulah yang saya rasakan sekarang: Dalam keharmonisan penuh karena saya mendaki gunung, saya memenangkan tiga tantangan dan saya mengalahkan gua, gua yang membuat impian saya menjadi kenyataan. Perjalanan saya hampir berakhir karena saya melihat cahaya datang dari pintu masuk gua. Segera saya akan keluar dari situ.

Reuni dengan Guardian

Saya keluar dari gua. Langit biru, matahari kuat dan angin barat laut. Saya mulai merenungkan seluruh dunia luar dan memahami betapa indah dan luasnya alam semesta ini sebenarnya. Saya merasa menjadi bagian penting darinya karena saya naik gunung, saya melakukan tiga tantangan, diuji oleh gua dan menang. Saya juga merasa berubah dalam segala hal karena hari ini saya tidak lagi hanya seorang pemimpi tetapi seorang visioner, diberkati dengan hadiah. Gua itu benar-benar menunjukkan keajaiban. Keajaiban terjadi setiap hari tetapi kita tidak menyadarinya. Sebuah isyarat persaudaraan, hujan yang membangkitkan kehidupan, sedekah, kepercayaan diri, kelahiran, cinta sejati, pujian, tak terduga, iman memindahkan gunung, keberuntungan dan takdir; itu semua melambangkan keajaiban hidup. Hidup sangat murah hati.

Saya terus merenungkan eksterior, benar-benar kagum. Saya terhubung ke alam semesta dan dengan saya. Kami adalah satu dengan tujuan, harapan dan keyakinan yang sama. Saya begitu terkonsentrasi sehingga sedikit yang saya perhatikan ketika sebuah tangan kecil menyentuh tubuh saya. Saya tetap dalam perenungan spiritual saya yang khusus dan unik, sampai sedikit ketidakseimbangan yang disebabkan oleh seseorang menjatuhkan saya dari poros saya. Saya beralih ke pertanyaan dan saya melihat seorang anak laki-laki dan wali. Saya pikir mereka telah berada di sisi saya cukup lama dan saya tidak menyadarinya.

"Jadi, kamu selamat dari gua. Selamat! Saya berharap Anda akan melakukannya. Di antara semua pejuang yang sudah mencoba masuk ke dalam gua dan mewujudkan impian mereka, Anda adalah yang paling mampu. Namun, Anda harus tahu bahwa gua hanya satu langkah di antara banyak langkah yang akan Anda hadapi dalam hidup. Pengetahuan adalah apa yang akan memberi Anda kekuatan sejati dan ini adalah sesuatu yang tidak akan dapat diambil oleh siapa pun dari Anda. Tantangan diluncurkan. Saya di sini untuk membantumu. Lihat di sini, saya membawakan Anda anak ini untuk menemani Anda dalam perjalanan sejati Anda. Dia akan sangat membantu. Misi Anda adalah menyatukan kembali "kekuatan lawan" dan membuat mereka berbuah di lain waktu. Seseorang diperlukan bantuan Anda dan oleh karena itu saya akan mengirimkan Anda.

"Terima kasih. Gua itu benar-benar mewujudkan mimpiku. Sekarang saya adalah Sang Peramal dan siap untuk tantangan baru. Apa perjalanan sebenarnya ini? Siapa ini seseorang yang diperlukan bantuan saya? Apa yang akan terjadi kepada saya?

"Pertanyaan, pertanyaan, sayangku. Saya akan menjawab salah satunya. Dengan kekuatan baru Anda, Anda akan melakukan perjalanan ke masa lalu untuk mengubah ketidakadilan dan membantu seseorang menemukan diri mereka sendiri. Sisanya akan Anda temukan sendiri. Anda memiliki tepat tiga puluh hari untuk menjalankan misi ini. Jangan buang waktumu.

"Saya mengerti. Kapan saya bisa pergi?

"Hari ini. Waktu terus mendesak.

Konon, wali menyerahkan anak itu kepada saya dan mengucapkan selamat tinggal secara damai. Apa yang menanti saya dalam perjalanan ini? Mungkinkah Sang Cenayang benar-benar mampu memperbaiki ketidakadilan? Saya pikir semua kekuatan saya akan diperlukan untuk melakukan perjalanan dengan baik dalam perjalanan ini.

Ucapkan Selamat Tinggal pada Gunung

Gunung itu menghirup udara ketenangan dan kedamaian. Sejak saya datang ke sini, saya belajar menghormatinya. Saya pikir ini juga membantu saya untuk menykalakannya, untuk mengatasi tantangan dan masuk ke dalam gua. Itu benar-benar sakral. Itu terjadi karena kematian dukun misterius yang membuat perjanjian aneh dengan kekuatan alam semesta. Dia berjanji untuk memberikan hidupnya sebagai ganti pemulihan perdamaian di sukunya. Selama berabad-abad, Xukuru mendominasi wilayah tersebut. Saat itu suku mereka sedang berperang karena tipu muslihat seorang dukun dari suku Kualopu utara. Dia mendambakan kekuasaan dan kendali penuh atas suku-suku tersebut. Rencana mereka juga termasuk dominasi dunia dengan seni gelap mereka. Maka dimulailah perang. Suku selatan membalas serangan dan kematian dimulai. Seluruh bangsa Xukuru terancam punah. Kemudian dukun dari selatan menyatukan kembali pasukannya dan membuat perjanjian. Suku selatan memenangkan perselisihan, penyihir terbunuh, dukun membayar harga perjanjiannya, dan perdamaian dipulihkan. Sejak itu gunung Ororubá menjadi sakral.

Saya masih di tepi gua menganalisis situasinya. Saya memiliki misi untuk diselesaikan dan seorang anak laki-laki untuk dijaga meskipun saya sendiri belum menjadi seorang ayah. Saya menganalisis anak laki-laki itu dari ujung kepala sampai ujung kaki dan segera saya menyadarinya. Dia adalah anak yang sama yang aku coba selamatkan dari cakar pria kejam itu. Bagi saya dia bisu karena saya belum mendengar dia berbicara. Saya mencoba memecah keheningan.

"Aku, apakah orang tuamu setuju untuk membiarkanmu bepergian denganku? Dengar, aku akan membawamu hanya jika itu benar-benar diperlukan.

"Aku tidak punya keluarga. Ibuku meninggal tiga tahun lalu. Setelah itu, ayah merawat saya. Namun, saya sangat dilecehkan sehingga saya memutuskan untuk melarikan diri. Penjaga itu menjagaku sekarang. Ingat apa yang dia katakan: Anda diperlukan saya dalam perjalanan ini.

"Maafkan saya. Katakan padaku: Bagaimana ayahmu memperlakukanmu dengan buruk?

"Dia membuatku bekerja dua belas jam sehari. Makanan langka. Saya tidak diizinkan bermain, belajar, atau bahkan punya teman. Dia sering memukuli saya. Selain itu, dia tidak pernah memberi saya kasih sayang apa pun yang harus diberikan seorang ayah. Jadi, saya memutuskan untuk melarikan diri.

"Aku mengerti keputusanmu. Meskipun masih anak-anak, Anda sangat bijak. Anda tidak akan menderita lagi dengan raksasa ayah ini. Saya berjanji untuk menjagamu dengan baik dalam perjalanan ini.

"Jaga aku? Aku meragukan itu.

"Siapa namamu?

"Renato. Itulah nama yang dipilih wali untukku. Sebelumnya saya tidak memiliki nama atau hak apa pun. Siapa namamu?

"Aldivan. Tapi Anda bisa memanggil saya Peramal atau Anak Tuhan.

"Baiklah. Kapan kita akan pergi, Peramal?

"Segera. Sekarang saya perlu mengucapkan selamat tinggal pada gunung.

Dengan isyarat, aku memberi isyarat agar Renato bisa menemaniku. Saya akan mengitari semua jalan setapak dan sudut pegunungan sebelum berangkat ke tujuan yang tidak Selamat bersenang-senang.

Perjalanan kembali ke masa lalu

Saya baru saja mengucapkan selamat tinggal pada gunung. Itu penting dalam pertumbuhan spiritual saya dan berkontribusi pada pengetahuan saya. Saya akan memiliki kenangan indah tentangnya: Bagian atasnya yang nyaman di mana saya menyelesaikan tantangan, bertemu dengan wali dan juga di mana saya memasuki gua. Saya tidak bisa melupakan hantu, gadis muda atau anak kecil, yang sekarang menemani saya. Mereka penting dalam keseluruhan proses karena mereka membuat saya merefleksikan dan mengkritik diri saya sendiri. Mereka berkontribusi pada pengetahuan saya tentang dunia. Sekarang saya siap untuk tantangan baru. Waktu gunung telah berakhir, gua juga, dan sekarang saya akan melakukan perjalanan kembali ke masa lalu. Apa yang menanti saya? Apakah saya akan memiliki banyak petualangan? Hanya waktu yang akan memberitahu. Saya akan meninggalkan puncak gunung. Saya membawa serta harapan saya, tas, barang-barang saya dan anak laki-laki yang tidak mau melepaskan saya. Dari atas, saya melihat jalan dan isinya di Desa Mimoso. Kelihatannya kecil, tetapi penting bagi saya karena di sanalah saya mendaki gunung, memenangkan tantangan, memasuki gua dan bertemu dengan wali, hantu, gadis muda dan laki-laki. Semua ini penting agar saya menjadi Peramal. Sang Peramal, orang yang mampu memahami hati yang paling bingung dan melampaui waktu dan jarak untuk membantu orang lain. Keputusan sudah dibuat. Saya akan pergi.

Saya memegang lengan anak itu dengan kuat dan mulai berkonsentrasi. Angin dingin menerpa, matahari sedikit memanas dan suara gunung mulai beraksi. Kemudian di bagian bawah saya mendengar suara samar meminta bantuan. Saya fokus pada suara ini dan mulai menggunakan kekuatan saya untuk mencoba menemukannya. Itu suara yang sama yang kudengar di gua keputusasaan. Itu adalah suara seorang wanita. Saya bisa membuat lingkaran cahaya di sekitar saya untuk melindungi kita dari dampak perjalanan melalui waktu. Saya mulai mempercepat kecepatan kami. Kami harus mencapai kecepatan cahaya untuk menerobos penghalang waktu. Tekanan udara meningkat sedikit demi sedikit. Saya merasa pusing, bingung dan bingung. Untuk sesaat, aku melewati dunia dan pesawat yang sejajar dengan milik kita. Saya melihat masyarakat yang tidak adil dan tiran seperti di negara kita sendiri. Saya melihat dunia roh dan mengamati bagaimana mereka bekerja dalam perencanaan dunia kita yang sempurna. Saya melihat api, cahaya, kegelapan dan tirai asap. Sementara itu, kecepatan kami semakin meningkat. Kami hampir melampaui kecepatan cahaya. Dunia berputar dan sesaat saya melihat diri saya di sebuah kerajaan Tiongkok kuno, bekerja di sebuah pertanian. Tiket kedua lagi dan saya berada di Jepang, menyajikan makanan ringan untuk Kaisar. Dengan cepat saya mengubah lokasi dan saya berada dalam sebuah ritual, di Afrika, pada sesi pemujaan Malaikat pelindung. Saya terus menghidupkan kembali kehidupan dalam ingatan saya. Kecepatannya semakin meningkat dan dalam sekejap kami telah mencapai ekstasi. Dunia berhenti berputar, lingkaran itu bubar dan kita jatuh ke tanah. Perjalanan kembali ke masa lalu telah selesai.

Di tempat apa aku?

Aku bangun dan menyadari bahwa aku sendirian. Apa yang terjadi pada Renato? Mungkinkah dia tidak selamat dari perjalanan waktu? Itu saja yang bisa kusimpulkan saat itu. Tunggu? Di tempat apa aku? Aku tidak tahu tempat ini. Tak ada tanah, tak ada langit, dan itu adalah vakum lengkap. Sedikit jauh dari tempat di mana aku berada, aku melihat pertemuan orang dalam prosesi, semua berpakaian hitam. Aku mendekati mereka untuk mencari tahu tentang apa itu. Aku tidak suka berada di tempat yang tidak Selamat bersenang-senang sendiri. Setelah mendekat, aku sadar ini bukanlah prosesi, tapi pemakaman. Peti mati berdiri di pusat yang dipertahankan oleh tiga orang. Aku pergi ke salah satu orang yang hadir.

" Apa yang terjadi? Pemakaman siapa ini?

"Apa yang dikubur adalah keyakinan dan harapan dari orang-orang ini.

" Apa? Bagaimana?

Tanpa mampu memahaminya, aku berjalan pergi dari pemakaman. Apa yang orang-orang gila lakukan? Sejauh yang kutahu, kau mengubur orang mati dan tidak perasaan. Iman dan harapan tidak akan pernah dikubur bahkan jika itu adalah situasi putus asa. Pemakaman itu menghilang di cakrawala. Matahari muncul dan cahaya yang intens dapat dilihat di atas polos. Cahaya menembus dan menghabiskan seluruh tubuhku. Aku lupa semua masalah, kesedihan dan penderitaan. Ini adalah visi dari Sang Pencipta dan aku merasa benar-benar santai dan percaya diri di hadapannya. Di pesawat di bawah lonjakan bayangan dan dengan itu, orang-orang jahat. Penglihatan kegelapan merasukiku. Dua dataran yang terpisah mewakili "Pasukan lawan" yang satu wajah terus-terusan di alam semesta. Aku berada di sisi baik dan aku akan bekerja keras untuk memastikan bahwa itu akan selalu menang. Dua dataran menghilang dari visiku dan hanya ruang kosong yang tersisa bersamaku sekarang. Tanah muncul, bersinar biru dan dalam sekejap, aku bangun, seolah-olah semuanya tidak lebih dari mimpi.

Impresi pertama

Kebangkitan sejati membuatku dalam humor yang baik. Perjalanan tepat waktu tampaknya telah sukses. Di sisiku, masih tertidur, aku menemukan Renato sepertinya dia benar-benar menikmati perjalanannya. Di tempat apa aku? Sebentar lagi aku akan mengetahuinya. Aku hati-hati merenungkan tempat dan itu terlihat akrab. Gunung, sayuran, topografi, semuanya sama. Tunggu. Ada yang berbeda. Desa ini tidak lagi tampaknya sama. Rumah-rumah yang sekarang ada, menyebar dari satu sisi ke sisi lain, jika bersamaan dalam barisan tidak lebih dari satu jalan. Aku mengerti apa yang terjadi: kami bepergian dalam waktu tapi tidak di luar angkasa. Aku harus turun gunung untuk mengamati semua ini. Aku mendekati Renato dan aku mulai mengguncangnya. Kita tidak bisa membuang waktu dengan penundaan karena kita punya tepat tiga puluh hari untuk membantu seseorang yang belum pernah kutemui. Renato meregang dan enggan mulai turun gunung dengan saya. Aku tidak berpikir dia sudah mendapatkan lebih dari pertempuran perjalanan waktu belum. Dia masih anak-anak dan diperlukan perawatan saya.

Kami telah menurunkan bagian yang baik dari rute dan Mimoso mendekat semakin bertambah. Sudah kita lihat anak-anak bermain di jalan, wanita tukang cuci dengan karung mereka di bendungan terdekat, orang muda bersosialisasi di alun-alun lokal. Apa yang menunggu kita? Aku ingin tahu siapa yang butuh bantuan. Semua jawaban ini akan diperoleh dalam kursus buku. Sesuatu berdiri di langit Mimoso: awan gelap mengisi seluruh lingkungan. Apa artinya ini? Aku akan mencari tahu tentang hal itu. Langkah kita mempercepat, dan kita sekitar seratus meter dari desa. Utara adalah menara, gaya, dan rumah yang indah. Ini harus berfungsi sebagai tempat tinggal bagi seseorang yang penting. Di barat, sebuah istana hitam berdiri di antara rumah-rumah. Ini menakutkan hanya dengan penampilan. Kita akhirnya tiba. Kami berada di daerah pusat mana sebagian besar rumah-rumah yang terletak. Aku harus mencari hotel untuk beristirahat karena perjalanan itu panjang dan melelahkan. Tasku berat di lenganku. Aku bicara dengan salah satu warga yang memberitahuku di mana aku bisa menemukannya. Ini sedikit lebih jauh ke selatan dari tempat kita berada. Kita pergi ke sana.

Hotel

Perjalanan dari tempat kita sampai hotel dilakukan dengan damai. Kami hanya mengamati sedikit oleh orang-orang yang kami temui. Di antara orang-orang ini, beberapa angka berdiri di luar: Seorang wanita dengan topi di gaya Carmen Miranda, seorang anak laki-laki dengan cambuk di punggungnya, dan seorang gadis yang sedih yang muncul menjadi pengawalnya. Mereka semua bertingkah aneh seolah-olah desa ini bukanlah komunitas biasa. Kita berada di depan hotel. Di luar, bisa dijelaskan seperti ini: satu cerita, kediaman Bata, dengan sekitar 1600 kaki persegi dengan gaya rumah, terbalik, atap berbentuk V. Jendela dan pintu depan adalah kayu dan ditutupi dengan tirai mewah. Ada kebun kecil, di mana bunga dari berbagai jenis tumbuh. Ini adalah satu-satunya hotel di Mimoso, jadi kita telah diberitahu. Di sebelah, hanya beberapa kaki dari sini, itu perusahaan gas. Aku mencoba untuk menemukan bel, tapi tidak bisa. Aku ingat bahwa kita mungkin di zaman kuno dan selain kita berada di pedesaan di mana kemajuan peradaban belum tiba. Solusi, untuk dihadiri, adalah menggunakan metode lama berteriak bahwa membangunkan bahkan orang tuli tak terbatas.

" Halo! Ada orang di sana?

Sebelum lama, pintu berderit dan sehingga muncul sosok seorang wanita yang stabil sekitar enam puluh tahun dengan mata cahaya dan rambut merah. Dia tipis, memiliki pipi yang menyiram dan dengan menganalisis wajahnya dia hanya sedikit marah.

"Suara apa ini di pendirianku? Apa kau tidak sopan santun?

"Maaf, tapi itu satu-satunya cara agar aku bisa mendapatkan perhatianmu. Apa kau pemilik hotel? Kita butuh akomodasi selama 30 hari. Aku akan membayarmu dengan murah hati.

"Ya, aku pemilik hotel ini lebih dari 30 tahun. Namaku Carmen. Aku hanya punya satu kamar yang tersedia. Apa kau tertarik? Hotel ini tidak mewah tapi menawarkan makanan yang baik, teman, akomodasi biasa dan jenis keluarga tertentu.

" Ya, kami akan menerimanya. Kami sangat lelah karena perjalanan panjang. Jarak dari sini ke ibukota sekitar 233 mil.

"Kalau begitu, kamar ini milikmu. Basis kontraktual kita akan mencari tahu nanti. Selamat datang. Masuklah dan santai. Anggap saja rumah sendiri.

Kita pergi melalui taman yang memberikan akses ke pintu masuk. Istirahat yang baik dan makanan yang baik benar-benar bisa merekomendasikan kekuatan kita. Wanita yang menjawab kita dan siapa sekarang kita ikuti sangat bagus. Yang tinggal di hotel tidak akan begitu monoton. Saat dia punya sedikit waktu kita bisa bicara dan saling mengenal satu sama lain. Selain itu, aku harus mencari tahu siapa yang harus kubantu dan tantangan apa yang harus aku atasi untuk menyatukan kembali "Pasukan Berlawanan." Ini mewakili langkah lain dalam evolusiku sebagai peramal.

Pintu dibuka oleh Carmen dan kami masuk ke ruangan kecil dengan karakteristik furnitur sesuai dengan lukisan Renaisans. Suasana benar-benar sangat akrab. Duduk di bangku sebelah kanan, adalah tiga orang. Seorang pemuda, berambut muda, rambutnya hitam dan rambut yang sangat indah, seorang pria dari beberapa 40 tahun, dengan fisika yang baik, dengan mata muda, dan melihat wajahnya. Carmen menunjuk untuk memperkenalkan kita:

Ini suamiku Gumercindo (menunjuk ke orang tua), dan ini adalah tamu-tamu saya yang lain: Rivanio, empat puluh tahun, dan seorang pelayan di toko kereta api.

"Namaku Aldivan dan ini keponakanku, Renato.

Dengan presentasi yang dibuat, Carmen membawa kita ke kamar kita. Ini luas, ringan dan udara. Ada dua tempat tidur di dalamnya dan ini membuatku lebih santai. Kita membuang tas kita, mengakomodasi diri kita sendiri dan dalam saat Carmen meninggalkan kita. Kita akan istirahat sebentar dan kemudian kita akan makan malam.

Makan malam

Setelah tidur nyenyak, aku terbangun dengan kekuatan yang diperbarui. Aku di kamar hotel bersama Renato. Sadarku membebaniku seperti yang aku sadari bahwa aku telah berbohong. Aku bukan dari Recife juga Renato keponakanku. Namun, itu yang terbaik. Aku masih tidak benar-benar tahu orang-orang yang aku perkenalkan diri. Lebih baik tetap bertahan karena kepercayaan adalah sesuatu yang kau dapatkan. Setelah dipikir-pikir, jika aku mengatakan yang sebenarnya, mereka akan menyebutku gila. Sebenarnya aku pergi ke gunung untuk mencari mimpiku, aku melakukan tiga tantangan dan memasuki gua yang ditakuti. Menghindari perangkap dan skenario, aku menjadi Peramal dan aku melakukan perjalanan melalui waktu untuk mencari yang tidak Selamat bersenang-senang. Sekarang aku ada di sana untuk mencari jawaban. Aku bangun dari tempat tidur, aku membangunkan Renato dan bersama-sama kita menuju ruang makan. Kami lapar karena kami belum makan selama sekitar enam jam.

Kami memasuki ruang makan, menyambut satu sama lain dan kami duduk. Pesta yang diadakan bervariasi dan biasanya bubur jagung dengan susu atau sayuran jagung adalah pilihan. Untuk pencuci mulut ada kue adonan Singkong. Percakapan dimulai dan semua berpartisipasi di dalamnya.

"Tn. Aldivan, apa pekerjaanmu dan apa yang membawamu ke tempat kecil ini? Mempertanyakan Carmen.

"Aku seorang reporter dan wartawan di tambahan guru matematika. Aku dikirim oleh surat kabar ibukota untuk menemukan cerita yang bagus. Apa benar tempat ini menyembunyikan misteri yang mendalam?

"Kurasa. Namun, kita dilarang untuk membicarakannya. Jika kau tidak tahu, kita hidup di bawah hukum dan perintah Ratu Clemilda. Dia penyihir yang kuat yang menggunakan kekuatan gelap untuk menghukum orang yang tidak taat. Dia bisa mendengar semuanya.

Untuk sesaat, aku hampir tersedak pada makanan. Sekarang aku mengerti arti dari awan gelap. Keseimbangan "Pasukan lawan" rusak. Wanita jahat ini menghalangi sinar matahari, cahaya murni. Situasi ini tidak bisa tetap seperti ini selama waktu yang lama, jika Mimoso bisa mati bersama penghuninya.

"Apa benar wartawan itu banyak berbohong? Tanya Rivanio.

"Itu tidak terjadi, setidaknya dalam kasusku. Aku mencoba setia pada keyakinanku dan berita. Seorang wartawan yang serius, etis dan bersemangat tentang profesi mereka.

“ Apa kau sudah menikah? Apa tujuan hidupmu? Carmen bertanya.

“ Tidak. Suatu kali seseorang mengatakan kepada saya bahwa Tuhan akan mengirim seseorang kepada saya. Aku sekarang fokus pada studiku dan mimpi. Cinta akan datang suatu hari, jika itu adalah takdirku.

“ Tn. Gumercindo, ceritakan tentang Mimoso.

"Seperti yang dikatakan istriku, Pak, kita dilarang bicara tentang tragedi yang terjadi di sini beberapa tahun yang lalu. Sejak Clemilda mulai memerintah, hidup kita tidak sama.

Emosi mengalahkan semua orang yang ada di ruangan. Air mata bersikeras mengalir di wajah Gumercindo. Ini adalah wajah seorang pria miskin yang lelah dengan kediktatoran kejam dari pesona ini. Hidup telah kehilangan arti bagi orang-orang ini. Yang tersisa hanyalah agar mereka mati dengan sedikit harapan bahwa seseorang akan membantu mereka.

"Tenang, semuanya. Ini bukan akhir dunia. Negara ini tidak bisa bertahan lama. Pasukan lawan dunia harus tetap di keseimbangan. Jangan khawatir. Aku akan membantumu.

"Bagaimana? Penyihir itu memiliki kekuatan atas manusia. wabah telah menghancurkan banyak nyawa. (Gomes)

" Pasukan yang baik juga kuat. Mereka mampu membangun kembali kedamaian dan harmoni di sini. Percayalah.

Kata-kataku tidak memiliki efek yang diinginkan. Perubahan percakapan dan aku tidak bisa konsentrasi pada itu. Apa yang orang-orang ini pikirkan? Allah benar-benar peduli tentang mereka. Jika tidak, aku tidak akan pergi ke atas gunung, menghadapi tantangan, mengatasi gua dan bertemu wali. Semua ini adalah tanda bahwa hal bisa berubah. Tetapi mereka tidak mengetahui. Kesabaran diperlukan untuk meyakinkan mereka untuk mengatakan yang sebenarnya atau setidaknya tunjukkan jalan. Aku menyelesaikan makan malam bersama Renato. Aku bangun dari meja, permisi dan tidur. Keesokan harinya akan sangat penting dalam rencanaku.

Jalan-jalan melalui desa

Hari baru muncul. Matahari terbit, burung-burung bernyanyi dan kesegaran amplop pagi seluruh kamar hotel yang kita masuki. Aku bangun merasa mengerikan. Renato sudah bangun. Aku meregang, sikat gigiku, dan mandi. Apa yang kudengar malam sebelumnya membuatku sedikit khawatir. Bagaimana Mimoso bisa didominasi oleh penyihir jahat? Dalam situasi apa? Misteri itu terlalu mendalam bagi saya. Kristen diterapkan di Amerika di abad keenam belas dan sejak itu telah menjadi Supreme, mengendalikan seluruh benua. Lalu kenapa, di sana, di tengah-tengah antah berantah, apakah jahat mendominasi? Aku harus mencari tahu penyebab dan alasan untuk itu.

Aku meninggalkan ruangan dan kepala ke dapur untuk sarapan. Meja diatur dan aku bisa melihat beberapa barang: Singkong, tapioka dan kentang. Aku mulai melayani diriku sendiri karena aku merasa di rumah. Para tamu lainnya tiba dan juga bertindak sama. Tak ada yang menyentuh subjek malam sebelumnya dan tak ada yang berani juga. Carmen mendekat dan menawarkan aku secangkir teh. Aku terima. Tea bagus untuk menghilangkan sakit hati dan membangkitkan semangat seseorang. Aku membuat percakapan dengannya.

"Bisakah kau menyuruh seseorang untuk membimbingku saat di Mimoso? Aku ingin melakukan beberapa wawancara.

“ Itu tidak perlu, sayangku. Mimoso tidak lebih dari sebuah desa.

"Aku takut kau salah paham. Aku ingin seseorang yang intim dengan orang-orang, seseorang yang bisa kupercaya.

"Aku tak bisa karena aku punya banyak tugas. Semua tamuku bekerja. Aku punya ide: Cari Felipe, anak pemilik gudang. Dia punya waktu luang.

" Terima kasih atas petunjuknya. Aku tahu di mana gudang berada di pusat kota. Aku akan menelepon Renato dan kita akan pergi bersama-sama.

"Indah. Semoga kau beruntung.

Aku memanggil Renato yang masih di kamar hotel. Kuharap dia akan sarapan agar kita bisa pergi. Apa aku bisa mendapatkan informasi yang akurat tentang kasus Mimoso? Aku ingin tahu. Renato menyelesaikan sarapannya, kita mengucapkan selamat tinggal kepada Carmen dan akhirnya pergi. Plaza berdekatan dengan hotel penuh dengan anak-anak muda. Anak-anak muda berdiri berbicara dengan satu sama lain dan anak-anak sedang bermain. Aku mengamati semua kegembiraan saat lewat. Aku belok ke sudut menuju pusat kota dan segera tiba di gudang. Seorang pria sekitar 50 tahun adalah pelayan. Aku memberi tanda pada pria itu untuk datang.

"Ada yang bisa kubantu?

"Aku mencari Felipe. Di tempat apa dia, tolong?

"Felipe adalah anakku. Tunggu sebentar, aku akan meneleponnya. Dia di gudang.

Pria itu berjalan pergi dan tak lama setelah kembali disertai oleh gadis berambut merah muda.

" Aku Felipe. Apa maumu?

"Carmen merekomendasikanmu padaku. Aku ingin kau menemaniku dalam beberapa wawancara. Namaku Aldivan, senang bertemu denganmu.

"Tentu, dengan senang hati, aku akan menemanimu. Aku punya waktu luang. Kita bisa mulai dengan apotek yang ada di sebelah. Pemiliknya adalah seorang ahli tempat karena dia berada di sini sejak yayasan.

" Bagus. Ayo.

Ditemani oleh Renato dan Felipe aku pergi ke Farmasi di mana aku akan melakukan wawancara pertama saya. Fakta bahwa aku bukan seorang jurnalis sejati membuatku sedikit gugup dan cemas. Kuharap aku melakukannya dengan baik. Setelah semua, aku naik gunung, aku melakukan tiga tantangan dan aku lulus uji gua. Sebuah wawancara sederhana tidak akan merobohkanku. Setelah tiba di apotek, kami menghadiri untuk segera. Kami diperkenalkan kepada pemiliknya. Aku meminta untuk mewawancarainya dan dia setuju. Kita pensiun ke lokasi yang lebih tepat di mana kita bisa sendirian dan berbicara. Aku mulai wawancara pemalu.

"Apakah benar bahwa Anda adalah salah satu penghuni tertua, salah satu pendiri tempat ini?

"Ya, dan jangan panggil aku Pak. Namaku Fabio. Mimoso benar-benar mulai berdiri keluar sejak implantasi departemen kereta api. Kemajuan dan teknologi modern tiba pada tahun 1909 dengan kereta api besar Barat. Para insinyur Inggris Calander, Tolester dan Thompson merancang rel kereta api, membangun gedung stasiun dan Mimoso mulai tumbuh. Perdagangan diterapkan dan Mimoso menjadi salah satu gudang terbesar di wilayah tersebut, kedua hanya untuk Carabais. Mimoso ditakdirkan untuk tumbuh dan itulah mengapa aku di sini.

"Apa hidup di sini selalu halus atau mengalami peristiwa tragis?

“ Ya, itu telah. Setidaknya sampai satu tahun yang lalu. Sejak itu tidak sama. Orang-orang sedih dan telah kehilangan semua harapan. Kita hidup di bawah kediktatoran. Beban pajak terlalu tinggi, kita tidak memiliki kebebasan berbicara dan kita harus membuat suara kita untuk tersembunyi. Agama bagi kita telah menjadi sinonim dengan penindasan. Dewa kita adalah dewa yang kejam yang ingin darah dan balas dendam. Kita kehilangan kontak dengan Tuhan Sang Bapa, Satu-satunya.

"Ceritakan apa yang terjadi satu tahun yang lalu.

"Aku tak mau dan aku bahkan tak bisa membicarakan tragedi itu. Ini sangat menyakitkan.

“ Tolong, aku butuh informasi ini.

“ Tidak. Keluargaku akan menderita jika aku bilang. Para roh bisa mendengar segalanya dan akan memberitahu Clemilda. Aku tak bisa mengambil risiko yang begitu banyak.

Aku bersikeras, lagi dan lagi, tapi dia menjadi bersikeras. Takut telah membuatnya pengecut dan berpikiran sempit. Dia pensiun dari tempat tanpa penjelasan lebih lanjut. Aku sendirian, gelisah dan penuh pertanyaan. Mengapa mereka takut penyihir ini begitu banyak? Dari tragedi apa yang dia katakan? Aku butuh informasi ini untuk tahu apa yang aku hadapi. Aku adalah Sang Perawan, berbakat, tapi itu tidak membuatnya lebih mudah. Jika Clemilda ini menguasai pasukan gelap, dia akan menjadi musuh yang tangguh. Sihir hitam mampu menangkap manusia bahkan yang terbaik yang diperut. Bentuk "Pasukan lawan" bisa menghancurkan alam semesta dan ini adalah hal yang paling jauh dari pikiran saya. Perhatian diperlukan sekarang. Yang jelas bagiku adalah keseimbangan "pasukan lawan" rusak dan itu adalah misiku untuk menyatukan kembali itu. Tapi untuk itu, itu perlu untuk mengetahui keseluruhan cerita. Aku pergi dengan pikiran itu. Aku menemukan Renato dan Felipe dan kita pergi untuk wawancara baru. Aku berharap berhasil.

Aku benar-benar gagal setelah wawancara. Aku tidak mendapatkan semua informasi apa yang saya inginkan. Wartawan macam apa aku?

Aku pikir aku harus mengambil kursus dalam jurnalisme. Semua orang yang aku wawancarai, tukang roti dan pandai besi, mengulang apa yang sudah tahu. Renato dan Felipe mencoba menghiburku tapi aku tidak bisa memaafkan diriku sendiri. Sekarang aku tersesat, di akhir dunia di mana peradaban belum tiba. Satu-satunya informasi yang aku tahu adalah Mimoso diperintah oleh seorang penyihir jahat. Jeritan yang kudengar di gua keputusasaan masih membuatku pusing. Siapa yang sangat diperlukan bantuanku? Aku berkonsentrasi pada tangisan ini dan, membantu dengan kekuatanku, datang ke Mimoso melalui perjalanan waktu. Tujuan perjalanan ini belum jelas bagiku. Guardian telah berbicara untuk menyatukan kembali "Pasukan Lawan" tapi aku tidak tahu bagaimana melakukan ini. Yang kutahu adalah aku masih belum bisa mengendalikan "Pasukan lawan" dan itu membuatku lebih menderita. Sekarang bukan waktunya untuk patah semangat. Aku masih punya dua puluh delapan hari untuk menyelesaikan masalah ini. Yang terbaik sekarang adalah kembali ke hotel dan mengumpulkan kekuatanku seperti apa yang saya inginkan. Renato dan Felipe bersamaku dan dalam perjalanan, kita harus saling mengenal satu sama lain. Mereka orang-orang yang baik. Aku tidak merasa sendirian di tempat ini yang didominasi oleh kekuatan di bawah dan penuh misteri.

Rumah hitam

Kita berada di hari ketiga setelah perjalanan waktu. Hari sebelumnya tidak meninggalkan kenangan indah. Setelah wawancara, aku memutuskan untuk menghabiskan sisa hari di hotel menemukan diriku sendiri. Ini adalah titik awal saya: menemukan diriku untuk menyelesaikan masalah penting. Renato masih belum membantuku sejauh ini. Kurasa penjaga itu salah telah mengirimnya bersamaku. Setelah semua, dia masih anak-anak dan karena itu tidak memiliki banyak tanggung jawab. Situasiku sama sekali berbeda. Aku adalah seorang pemuda dari 26, asisten administrasi, dengan gelar matematika dan banyak tujuan. Aku tidak punya waktu untuk berpikir tentang cinta atau diriku sendiri karena aku sedang dalam misi, meskipun aku tidak tahu persis apa itu. Satu-satunya kepastian yang kumiliki adalah aku naik ke gunung, menyadari tantangan, menemukan gadis muda, hantu, anak dan wali dan aku lulus tes di dalam gua. Aku menjadi Sang Peramal tapi bukan itu saja. Aku harus mengatasi tantangan hidup terus-menerus. Hari baru adalah fajar, dan dengan harapan baru. Aku bangun, mandi dan sarapan, sikat gigiku dan mengucapkan selamat tinggal kepada Carmen. Hari sebelumnya telah terbangun dalam ide baru, untuk mengetahui musuhku secara intim dan mencuri informasi dari mereka. Itu satu-satunya jalan keluar.

Aku pergi ke jalan, dan melihat taman bermain dan semua orang duduk di bangku. Mereka bertindak normal seolah-olah mereka berada di komunitas normal. Mereka telah menyesuaikan diri. Manusia menjadi terbiasa dengan apa pun bahkan selama masa kiamat. Aku terus berjalan. Aku berbalik, bertemu beberapa orang dan aku tetap tegas dalam tekadku. Tantangan dari gua membantuku kehilangan rasa takut akan segala situasi. Aku menemukan tiga pintu mewakili rasa takut, kegagalan dan kebahagiaan. Aku memilih kebahagiaan dan membuang sisanya. Aku siap untuk tantangan baru. Aku belok ke sudut lain dan datang ke sisi barat desa. Sebuah rumah besar muncul. Ini adalah sebuah bangunan yang memaksa terdiri dari dua menara utama dan menara sekunder. Kediaman adalah batu bata hitam dicat. Rasa buruk, khas seorang penjahat. Jantungku berdetak dan langkah-langkahku juga begitu. Masa depan Mimoso tergantung pada sikapku. Nyawa tak bersalah dipertaruhkan dan aku tak akan membiarkan ketidakadilan lainnya. Aku tepuk tangan berharap mendapat perhatian seseorang di rumah. Seorang anak yang kuat, kulit tinggi dan gelap keluar dari dalam rumah.

“ Apa maumu?

"Aku di sini untuk bertemu Clemilda.

"Dia sedang sibuk sekarang. Lain kali saja.

"Tunggu sebentar. Ini penting. Aku reporter untuk "Koran harian" dan aku datang untuk melakukan laporan khusus pada dirinya. Beri aku lima menit.

"Wartawan? Kurasa dia akan menyukainya. Aku akan mengumumkan kedatanganmu.

" Tidak perlu. Izinkan aku ikut denganmu.

Pria itu memberi akses ke pintu depan. Sebuah goyang berjalan melalui tubuh saya dan suara bersikeras memperingatkan saya untuk tidak masuk Seekor kucing berjalan melewati dan berkedip cakar sengit. Aku berdoa agar Tuhan memberiku kekuatan untuk menahan situasi. Anak itu menemaniku, dan kita masuk. Pintu memberikan akses ke sebuah lobi hiasan besar yang penuh dengan warna dan kehidupan. Di sisi kanan, ada akses ke lebih dari tiga kamar lagi. Di tengah adalah gambar orang suci dengan tanduk, tengkorak dan benda-benda berdosa lainnya. Di sisi kiri adalah lukisan yang aneh. Skenarionya mengerikan dan aku tidak bisa menggambarkannya. Pasukan negatif mendominasi tempat dan membuat saya pusing karena ini adalah bentrokan dari "Pasukan lawan." Orang itu berhenti di depan salah satu kompartemen dan mengetuk. Pintunya terbuka, asap naik dan wanita gemuk dan gemuk, dengan fitur yang kuat, sekitar 40 tahun, muncul.

"Untuk apa aku berutang kehormatan Sang Penemu secara pribadi datang mengunjungiku?

Dia memberi sinyal untuk pria itu menghilang. Saya benar-benar bingung tentang ini. Bagaimana dia mengenalku? Mungkinkah dia tahu tentang gunung dan gua? Kekuatan aneh apa yang dimiliki wanita itu? Ini dan banyak pertanyaan lain yang terlintas di pikiranku saat itu.

" Aku melihat kau mengenalku. Maka kau harus tahu kenapa aku datang ke sini. Aku ingin tahu tentang tragedi dan bagaimana kau mendominasi atas tempat yang tenang.

"Tragedi? Tragedi apa? Tidak ada yang terjadi di sini. Aku hanya memodifikasi tempat ini sedikit untuk membuatnya menjadi lebih menyenangkan. Orang dengan kebahagiaan palsu mereka... mereka membuatku kesal dan aku memutuskan untuk mengubahnya. Mimoso menjadi milikku dan bahkan kau tidak bisa melakukan apa-apa. Kekuatan psikismu tak ada apa-apanya dibandingkan dengan milikku.

"Aku tak peduli dengan alam semesta atau rakyatnya! Mereka hanyalah serangga. Mimoso adalah domain saya dan Anda harus menghormati itu. Jika kau menentangku, kau akan menderita. Aku hanya perlu menyebutkan satu kata ke Mayor dan aku akan menangkapmu.

“ Apa kau mengancamku? Aku tidak takut ancaman. Aku adalah Sang Peramal yang naik gunung, menyelesaikan tiga tantangan dan mengalahkan gua.

"Pergi dari sini, sebelum aku memasakmu di kuali. Aku muak dengan kebajikanmu. Itu membuatku jijik.

"Aku akan pergi, tapi kita akan bertemu lagi. Kebaikan selalu menang pada akhirnya.

Sangat cepat, aku meninggalkan dia dan berjalan ke pintu. Saat aku pergi, aku masih mendengar leluconnya. Dia benar-benar cukup gila. Pertanyaanku tak terjawab, dan aku tak punya tujuan dan tanpa harapan. Pertemuan dengan Clemilda tidak memenuhi tujuanku.

Sisa-sisa kapel

Setelah meninggalkan istana hitam, aku memutuskan untuk mengambil jalan lain. Aku ingin melihat beberapa lebih banyak kota dan orang-orangnya. Berjalan menuju timur, aku menemukan beberapa dan mencoba untuk membuat percakapan. Namun, mereka menghindariku. Ketidakpercayaan mereka bahkan lebih besar karena aku seorang reporter muda yang tidak Selamat bersenang-senang. Mereka tidak tahu niat sebenarnya saya. Aku ingin menyelamatkan Mimoso, menemukan orang yang kucari dan menyatukan kembali "pasukan lawan" seperti yang diminta oleh wali. Tapi untuk itu diperlukan untuk meminjam sedikit dari sejarah tempat dan tahu persis semua musuh saya. Aku harus menemukan semua itu secepat mungkin karena aku punya batas waktu untuk bertemu. Tantangan gunung, tantangan, gua, semua ini adalah pengetahuan yang diperlukan bagi saya untuk mengetahui apa kehidupan itu seperti dan bagaimana orang-orang hidup itu. Sudah waktunya untuk meletakkannya ke latihan. Aku berbalik ke sudut dan beberapa kaki di depan aku menemukan tumpukan puing. Aku memikirkan kurangnya organisasi tempat dan orang-orangnya. Sampah mengambang bebas di antara masyarakat dan mampu mengirimkan penyakit dan melayani sebagai hewan dan perawat serangga; ini berbahaya bagi manusia. Tunggu. Ada sesuatu yang berbeda di sampah ini. Benda itu ditemukan. Aku melihat salib kayu besar seolah-olah itu dari kapel. Aku memindahkan sampah di tempat sampah yang lebih baik dan bisa melihat dengan jelas, ini adalah salib. Setelah menyentuhnya, gelombang panas mengalir melalui seluruh tubuhku dan aku mulai memiliki penglihatan. Aku melihat darah, penderitaan dan rasa sakit. Untuk sesaat, aku menemukan diriku di lokasi itu berpartisipasi dalam peristiwa masa lalu. Aku lepaskan tanganku dari salib. Aku belum siap. Aku butuh waktu untuk menyerap semua yang kurasakan dalam waktu kurang dari tiga detik. Salib entah bagaimana meningkatkan kekuatanku dan aku mulai merasakan tindakan dari kekuatan yang menentang milikku.

Perintah

Kunjungan saya ke yang ditakuti, penyihir gelap bernama Clemilda tidak meninggalkannya bahagia. Dia tidak pernah bertentangan. Dia menguasai komunitas Mimoso benar-benar tidak terbatas. Namun, dia tidak menghitung pada kekuatan baik mengirimku dalam perjalanan kembali ke tempat itu. Segera setelah kepergianku dari rumah besar, dia bertemu dengan para antek, Totonho dan Cleide dan mereka berkonsultasi dengan pasukan okultisme. Mereka masuk di kompartemen kiri terletak di lorong dan mengambil, sebagai pengorbanan, babi kecil. Penyihir mengambil buku dan mulai untuk membaca doa setan dalam bahasa lain dan dia dan temanmu mulai mengorbankan hewan malang. Sebuah jejak darah mengisi kompartemen dan kekuatan negatif mulai berkonsentrasi. Cahaya alami dari daerah itu direbus dan penyihir mulai berteriak gila. Dalam waktu singkat, kegelapan mengambil alih kurungan dan pintu komunikasi antara dua dunia dibuka melalui cermin. Clemilda melakukan dengan penuh rasa takut pada Tuhan kami, lalu mulailah mengajukan padanya. Dia satu-satunya yang memiliki kemampuan ini. Peramal yang berdosa dan penerima berada di komuni penuh untuk beberapa waktu. Yang lain hanya menyaksikan seluruh situasi. Setelah pertemuan itu, kegelapan menghilang dan situs itu kembali ke negara awalnya. Clemilda mendapatkan dirinya dari dampak percakapan, memanggilnya pembantu dan mengatakan kepada mereka:

Kematiannya akan tragis dan akan menandai jalan mereka ke alam kegelapan. Ini adalah perintah Ratu Clemilda untuk seluruh Mimoso.

Dengan cepat Clemilda pergi untuk memenuhi perintah mengumumkan berita kepada penduduk desa, ke situs tetangga dan ke lahan pertanian.

Pertemuan Warga

Dengan perintah Clemilda, warga bahkan lebih ceroboh dalam hal ini. Fabio, pemilik apotek dan presiden dari asosiasi pemilik rumah, mengadakan pertemuan mendesak dengan pemimpin utama tempat. Pertemuan itu dijadwalkan jam 10 pagi di gedung asosiasi pusat kota. Mereka akan sengaja menangani kasusku.

Pada waktu yang ditentukan, aula utama gedung itu sepenuhnya diisi. Hadiah Mayor Quintino, delegasi Pompeu, Osmar (petani), Sheco (pemilik gudang), dan Otavio (pemilik toko pertanian), di antara yang lain. Fabio, Presiden, memulai sesi:

Teman-temanku, seperti yang kalian tahu, Clemilda melepaskan perintah kemarin sore. Tak ada yang boleh menyampaikan informasi ini pada subjek yang disebut "Sang Pemburu" yang menginap di hotel. Aku melihat orang ini sangat berbahaya dan harus di tahan. Dia bahkan mencoba untuk mengumpulkan beberapa informasi dari saya tapi gagal. Dia ingin tahu tentang tragedi.

"Aku belum pernah mendengar tentang orang ini. Dari mana dia berasal? Siapa dia? Apa yang dia inginkan dari desa kecil kita? (Meminta Mayor)

" Tenang, Mayor. Kita masih belum tahu itu. Satu-satunya informasi yang kita miliki adalah dia adalah orang luar misterius. Kita harus memutuskan apa yang harus dilakukan dengannya. (Fabio)

"Tunggu sebentar. Dari apa yang kutahu dia bukan penjahat. Anakku Felipe menemaninya di jalan-jalan ke kota dan mengatakan bahwa dia adalah orang yang baik, jujur. (Sheco)

"Penampilan bisa menipu. Jika Clemilda telah memerintahkan ini kepada kita, maka orang ini telah menjadi bahaya bagi kita. Kita harus mengusirnya secepat mungkin. (Otavio)

"Jika kau butuh jasaku, aku bisa. (Pompeu, delegasi)

"Ada gangguan kecil di perakitan. Beberapa mulai protes. Pompeu bangun, konsultasi petani dan berkata:

"Ayo kita tangkap orang ini. Di penjara kita akan bertanya semua pertanyaan yang diperlukan.

Kelompok ini membongkar perintah untuk menangkapku. Mungkinkah aku seorang kriminal?

Percakapan yang menentukan

Aku meninggalkan reruntuhan kapel dan mulai berjalan menuju hotel. Indera keenam saya mengatakan bahwa saya dalam bahaya. Bahkan, sejak aku berada di Mimoso itu selalu memperingatkanku tentang di mana aku pergi. Sebuah desa didominasi oleh pasukan gelap bukanlah pilihan yang baik liburan. Namun, aku harus memenuhi janji yang dibuat untuk penjaga gunung untuk menyatukan kembali "pasukan lawan" dan untuk membantu pemilik jeritan yang kudengar di gua keputusasaan. Aku tidak bisa pernah meninggalkan misi ini. Langkah kakiku mempercepat dan segera aku tiba di hotel. Aku membuka pintu, pergi ke dapur dan menemukan Carmen, harapan terakhirku. Aku merasa cukup keberanian dan mengandalkan kebaikan untuk membantuku.

“ Carmen, aku perlu bicara denganmu, Bu.

"Katakan padaku, Aldivan, apa yang kau inginkan?

"Aku ingin tahu segalanya tentang tragedi dan sejarah Mimoso.

"Anakku, aku tidak bisa. Apa kau tidak tahu yang terbaru? Clemilda mengancam membunuh semua orang yang memberikan informasi padamu.

“ Aku tahu. Dia adalah ular. Namun, jika kau tidak membantuku, Mimoso akan tenggelam lebih dan menjalankan risiko menghilang.

"Aku tidak percaya. Bajingan itu tidak pernah binasa. Itu pelajaran yang kupelajari sejak dia mulai memerintah.

Diam berlaku sebentar dan aku menyadari jika aku tidak mengatakan yang sebenarnya, aku tidak akan memiliki jawaban. Penculikku sedang bersiap untuk menyerang.

"Carmen, dengarkan baik-baik apa yang akan kukatakan. Aku bukan wartawan atau reporter. Sebenarnya, aku seorang penjelajah waktu yang misinya adalah untuk mengembalikan keseimbangan yang Mimoso sangat diperlukan. Sebelum aku datang ke sini, aku naik gunung Ororubá; aku melakukan tiga tantangan, menemukan seorang pemuda, penjaga, sang wali, hantu dan Renato. Mengatasi tantangan, aku mendapatkan hak untuk memasuki gua keputusasaan, gua yang dapat menyadari bahkan mimpi yang paling mendalam. Di gua, aku menghindari perangkap dan maju melalui skenario yang tidak ada manusia lain yang pernah melampaui. Gua itu membuatku Sang Pemburu, mampu melewati waktu dan jarak untuk menyelesaikan keluhan. Dengan kekuatan baruku, aku bisa kembali ke masa lalu dan tiba di sini. Aku ingin menyatukan kembali "Pasukan Peperangan" membantu seseorang yang tidak kukenal dan menggulingkan tirani penyihir jahat ini. Pada akhirnya, aku perlu tahu segalanya dan tahu apa yang bisa kau ungkapkan. Kau orang baik dan seperti yang lain di sini kau layak bebas seperti Tuhan menciptakan kita.

Carmen duduk di kursi dan menjadi emosional. Air mata yang meluncur di bawah wajahnya yang matang dari penderitaan. Aku memegang tangannya dan mata kita bertemu dalam sekejap. Untuk sesaat, aku merasa seolah-olah aku berada di hadapan ibuku sendiri. Dia bangun dan termotivasi bagi saya untuk menemaninya. Kami berhenti di depan pintu.

Kau akan menemukan jawaban yang sangat kau diperlukan di sini di penyimpan ini. Ini adalah apa yang bisa saya lakukan untuk Anda: menunjukkan jalan. Semoga beruntung!

Aku berterima kasih padanya dan memberinya salib yang diberkati. Dia tersenyum. Aku masuk ruang penyimpanan, menutup pintu dan aku menemukan beberapa surat kabar yang dicetak. Di tempat apa benda ini yang aku cari?

Visi

Aku duduk di kursi yang tersedia, mendukung diriku di meja kecil dan mulai membalik koran yang kutemukan. Semua berasal dari periode 1909-1910. Aku hanya membaca berita utama, tapi mereka tidak memiliki banyak untuk melakukan apa yang saya cari. Beberapa berbicara tentang Pesqueira dan pemerintahan kota lain di wilayah tetapi masalah ditujukan untuk masalah kesehatan, pendidikan dan politik. Apa yang sebenarnya aku cari? Sebuah tragedi yang mampu mengguncang tempat kecil ini dan membuatnya menjadi bidang kegelapan. Aku terus membalik berkas-berkas dan tampaknya bagi saya bahwa ini akan menjadi tugas yang melelahkan dan monoton. Kenapa Carmen tidak memberitahuku secara langsung? Bukankah aku bisa dipercaya? Ini akan jauh lebih sederhana. Sekali lagi, aku ingat gunung, tantangan dan gua. Tidak selalu cara sederhana yang lebih mudah, lebih jelas, atau lebih mudah. Aku mulai mengerti sedikit. Selain daripada itu, dia berada di bawah kekuatan penyihir jahat, kejam dan sombong. Dia menunjukkan jalan, persis bagaimana dia mengatakan dan saya pikir bahwa ini akan cukup bagi saya untuk menang, mencapai tujuan saya dan bahagia. Aku terus membalik berkas-berkas dan mengambil satu kantong dari tahun 1910. Jika aku ingat dengan benar, itu tahun tragedi yang Fabio telah memberitahu saya di wawancara. Aku mulai membaca berita utama dan berita. Aku harus memeriksa semua kemungkinan.

Setelah satu jam membaca dan membaca ulang surat kabar Aku tidak menemukan apa pun yang menarik perhatianku. Berita umum, olahraga dan bagian lain adalah semua yang bisa kutemukan. Harapan yang aku miliki untuk menemukan berita itu ada di kantong kertas 1910 yang aku ambil. Tunggu. Jika tragedi ini benar-benar terjadi, itu pasti akan terjadi di koran yang terutama terpisah, karena ini adalah berita besar. Aku mulai mencari laci lemari di samping meja. Aku menemukan berbagai koran dengan tanggal yang berbeda. Satu menyerang saya: itu dari hari ke 10 Januari 1910 dan memiliki berita utama berikut: Christine, Raksasa muda. Kurasa aku menemukan apa yang kucari. Setelah menyentuh kertas, angin dingin memukulku, jantungku berdegup dan seperti perjalanan melalui waktu aku mengalami visi sejarah ini.

Awal

Abad 20 dimulai dan dengan itu kemunculan perintis pertama dari tanah terletak barat dari Pesqueira. Yang pertama yang pergi adalah Mayor Quintino dan temannya Osmar kedua berasal dari Negara Alagoas dan yang menyetujui tanah yang merupakan milik penduduk asli. Penduduk asli diusir, dipermalukan dan dibunuh. Mereka berdua memutuskan untuk tidak bergerak permanen ke wilayah karena tidak memiliki struktur yang cocok untuk mereka.

Seiring waktu, ada orang lain yang datang banyak orang yang membersihkan banyak untuk kantor penggaris. Tanah itu disumbangkan dan rumah pertama dibangun. Maka, buat kesepakatan. Pemilihan menarik beberapa pedagang di wilayah ini tertarik memperluas bisnis mereka. Sebuah gudang, sebuah pompa bensin, toko kelontong, apotek, dan toko pertanian dibuka. Sebuah sekolah dasar intelektual untuk populasi umum. Mimoso kemudian pindah ke kategori subjek desa ke markas Besar Pesqueira.

Kereta Api

Dari tahun 1909, kereta Barat yang Hebat tiba di Mimoso membawa kemajuan dan teknologi ke tempat yang damai. Insinyur Inggris Calander, Tolester dan Thompson bertanggung jawab untuk meletakkan rel dan pembangunan gedung stasiun. Pengaruh Eropa juga dapat diamati pada pasangan bata bangunan lain dan di daerah perkotaan Mimoso.

Dengan diimplementasikan kereta api, Mimoso (nama berasal dari rumput Mimoso, sangat umum di daerah) menjadi pusat kepentingan komersial dan relevansi politik daerah. Berlokasi strategis di perbatasan pedalaman dengan padang gurun, desa ini dikonsolidasikan sebagai titik kedatangan dan keberangkatan produk dari banyak kota Pernambuco, Paraíba dan Alagoas. Selain kereta api, jalan tanah yang menghubungkan Recife ke padang gurun berlalu tepat di pusatnya, berkontribusi pada kemajuan tempat itu.

Populasi Mimoso terbentuk pada dasarnya oleh keturunan keluarga asal Lusitania. Bagian populasi yang paling tidak disukai adalah keturunan asal India dan Afrika. Orang-orang Mimoso dapat dicirikan sebagai orang yang ramah dan ramah.

Pindah

Dengan konsolidasi penerbangan dari kereta api dan kemajuan konsekuensi di Mimoso, pencari jalan dari wilayah tersebut (Mayor Quintino dan Osmar) memutuskan untuk mengambil tempat tinggal di situs dengan semua keluarga mereka masing-masing.

Itu hari ke-10 Februari 1909. Cuacanya bagus, angin adalah Timur Utara dan aspek desa sesederhana mungkin. Sebuah kereta muncul di horizon yang diarahkan oleh insinyur Roberto membawa penghuni lokal baru dari Recife: Mayor Quintino, istrinya, Helena, seorang wanita kulit hitam dari Bahia. Di dalam kereta, di kompartemen penumpang, sebuah Christine gelisah menunjukkan dirinya.

"Ibu, sepertinya kita sudah tiba. Seperti apa Mimoso? Apa aku akan menyukainya?

"Diam, anakku. Jangan cemas. Segera kau akan tahu. Yang penting adalah kita bersama sebagai keluarga. Sebelum lama, kita akan menetap dan mencari teman.

Mayor menyaksikan dua dan memutuskan untuk bergabung dengan percakapan.

"Kau tak perlu khawatir. Anda tidak akan kehilangan apa pun. Aku telah membangun rumah yang indah terletak di salah satu tanah yang aku miliki. Itu di sebelah desa. Ingat, kau akan memiliki kebebasan penuh untuk berhubungan dengan orang-orang di tingkat sosial kita tapi aku tidak ingin kau berhubungan dengan orang yang tidak bersih atau sangat miskin.

"Itu prasangka, Ayah! Di biara di mana aku tinggal selama tiga tahun aku diajarkan untuk menghormati setiap manusia yang terlepas dari kelas sosial, etnis, keyakinan atau agama. Kita layak apa yang kita simpan dalam hati kita.

"Biarawati itu terputus dari kenyataan karena mereka hidup diam. Aku seharusnya tidak membiarkan Anda untuk pergi ke sana karena Anda telah kembali dengan kepala penuh omong kosong. Ide ibumu, yang tidak lagi kudengarkan.

"Aku selalu bermimpi bahwa dia menjadi seorang biarawati. Christine adalah hadiah besar dari Tuhan. Aku mengajarinya semua prasangka dari agama yang aku tahu. Ketika dia berusia 15 tahun, aku mengirimnya ke biara karena aku yakin akan pekerjaannya. Namun, tiga tahun kemudian, dia menyerah dan itu masih sakit banyak. Itu salah satu kekecewaan terbesar yang pernah dia berikan padaku.

"Itu impianmu, Ibu, dan bukan milikku. Ada cara tak terbatas untuk melayani Tuhan. Tidak perlu bagi saya untuk menjadi biarawati untuk memahami Dia dan memahami kehendaknya.

"Tentu saja tidak! - Aku akan mengatur pernikahan yang baik untuknya. Aku sudah punya beberapa ide. Sekarang bukan waktunya aku mengungkapkan.

Kereta bersiul bahwa itu akan berhenti. Desa muncul, Christine melihat semua aspek pedesaan dari tempat melalui salah satu jendela. Jantungnya mengencangkan dan dia merasa sedikit gemetar di tubuhnya. Pikirannya penuh dengan keraguan dengan firasat itu. Apa yang menunggunya di Mimoso? Tetap bersama kami, pembaca.

Christine dan Helen, dengan rok lingkaran mereka, memeras keluar dari pintu keluar dari kereta. Mayor tidak menyukainya. Empat keluar dan menyebabkan percikan rasa ingin tahu dari penduduk lokal lainnya. Mereka berperilaku dengan elegan dan kemewahan. Mayor menyapa Rivanio sebagai rasa hormat. Mulai saat itu, mereka berangkat ke rumah mereka, yang terletak di utara desa.

Kedatangan di Bungalo

Christine, Mayor, Helena dan Gerusa tiba di rumah baru mereka. Ini adalah sebuah rumah batu bata dan mortir, gaya bungalo, beberapa 1600 kaki persegi dari area dibangun, yang dikelilingi oleh kebun pohon buah. Di dalam ada dua area hidup, empat kamar tidur, dapur, tempat cucian dan kamar mandi. Di luar sana ada kamar pembantu dengan kamar dan kamar mandi. Empat berjalan dalam keheningan sampai Mayor berbicara.

Ini dia, rumah kita yang kubuat beberapa bulan yang lalu. Kuharap kau menyukainya. Ini adalah luas dan nyaman.

" Kelihatannya sangat bagus. Kurasa kita akan bahagia di sini. (Helena)

"Aku juga berharap begitu, meskipun firasat yang baru saja aku punya. (Christine)

"Promosi adalah omong kosong. Kau akan bahagia, putriku. Tempat ini bagus, penuh dengan orang baik dan ramah. (Mayor)

Empat masuk ke rumah. Mereka membongkar barang-barangnya dan beristirahat. Perjalanan sudah lama dan melelahkan. Mulai hari lain, mereka akan menjelajahi tempat ini.

Pertemuan dengan Penggaris

Hari baru muncul dan Mimoso muncul dengan aspek komunitas pedesaan. Petani keluar dari rumah mereka dan mempersiapkan untuk hari baru kerja keras, pejabat perdagangan juga. Anak-anak lewat dengan ibu mereka di arah sekolah yang baru didirikan. Keledai beredar biasanya membawa beban dan orang-orang. Sementara itu, di bungalo yang indah, Mayor bersiap-siap untuk pergi. Dia sedang menuju pertemuan di Pesqueira. Helena lembut meluruskan jaketnya.

"Pertemuan ini sangat penting bagiku, istriku. Dewa penting tanah ini harus ada di sana, seperti Kolonel Carabais. Aku harus memperbaiki tempatku di atas Mimoso.

"Kau akan baik-baik saja karena kau satu-satunya di tempat ini dengan peringkat Mayor di Garda Nasional. Itu ide yang bagus untuk membeli posisi itu.

"Tentu saja. Aku seorang pria dengan visi dan strategi. Sejak aku meninggalkan Alagoas dan datang ke sini, aku hanya memiliki kemenangan.

"Jangan lupa untuk meminta posisi untuk putri kita Christine. Dia telah melakukan sedikit untuk apa-apa. Pendidikan yang dia terima di biara itu cukup baginya untuk melakukan tugas apa pun.

"Kau tak perlu khawatir. Aku akan tahu bagaimana membujuknya. Putri kita cerdas dan layak mendapatkan pekerjaan yang baik. Aku harus pergi. Aku tidak ingin terlambat ke pertemuan.

Dengan ciuman, Mayor mengucapkan selamat tinggal pada istrinya, Helena. Dia berjalan ke arah pintu, membuka dan pergi. Pikirannya konsentrasi pada argumen yang akan dia gunakan saat sidang. Dia berpikir tentang kekuatan, kemuliaan dan kemarahan sosial yang akan memberinya peringkat besar akan memberinya. Dia bermimpi besar.

Dia bermimpi menjadi teman Gubernur dan dengan melakukannya, mendapatkan lebih banyak bantuan. Setelah semua yang penting baginya adalah kekuatan, dan masa depan putrinya, tentu saja. Yang lain hanya pion dalam permainannya. Dia mengambil langkah untuk dalam lima menit kereta ke Pesqueira akan berangkat. Untuk sesaat, dia berpaling dari orang-orang miskin yang dilihatnya di jalan. Dia menyesalinya dan menoleh wajahnya ke dunia lain. Seorang jurusan tidak bisa berbaur dengan semua orang, dia pikir. Yang paling rendah hati dan dikeluarkan, baginya, hanya menghitung pada waktu pemilihan. Ketika saat itu berlalu, mereka kehilangan nilai mereka dan setelah itu Petani tidak memperhatikan tuntutan mereka atau kebutuhan. Orang miskin, di bawah kendali Kolonel, tidak berpendidikan dan mengundurkan diri. Mayor terus berjalan dan mendekati stasiun kereta. Saat dia tiba, dia membeli tiket dan papan dengan cepat.

Di kereta, dia mencari kursi terbaik dan mulai mengingat masa kecilnya. Dia adalah seorang anak miskin, dari pinggiran Maceió, yang bekerja sebagai penjual permen. Dia ingat penghinaan dan hukuman oleh ayahnya dan pertempuran dengan saudara-saudaranya. Ini adalah saat ia ingin melupakan tapi ingatannya keras kepala menolak untuk berhenti mengingatkannya. Ingatan terkuat adalah dari pertarungan dengan ibu tirinya dan pisau yang dia gunakan untuk membunuhnya. Darah memancar, teriakan, menangis dan dia melarikan diri dari rumah setelah tindakan datang ke pikiran. Dia menjadi pengemis dan tak lama kemudian diperkenalkan dengan obat-obatan, alkoholisme dan kegilaan. Dia tenggelam ke dunia itu selama sekitar lima tahun sampai suatu hari, seorang wanita yang saleh muncul dan mengadopsinya. Dia tumbuh, menjadi seorang pria dan bertemu Helena, putri petani, dengan siapa dia menikah. Kadang setelah, mereka memiliki putri pertama dan satu-satunya, Christine. Mereka pindah ke Recife. Dia membeli peringkat Mayor Garda Nasional dan perjalanan jauh ke dalam interior mencari tanah. Dia menaklukkan segalanya dari sisi barat sepanjang jalan menuju Pesqueira. Dia mengambil alih tanah dan menjadi orang yang sangat kuat yang dikenal dan dihormati. Dia merasakan dirinya seorang pria besar dalam segala hal. Hidup telah mengajarinya untuk menjadi kuat, menghitung dan menaklukkan manusia. Dia akan menggunakan semua senjata ini untuk mencapai tujuannya. Masih di kereta yang dia lihat tepat di belakangnya, seorang wanita dengan anak di pangkuannya. Dia ingat Christine dan kepolosannya dan manis ketika dia masih kecil. Dia juga ingat hadiah ulang tahun yang dia berikan pada Christine, boneka kain. Dia memberinya hadiah, dia menerimanya dan memanggilnya ayah tercinta. Dia menjadi emosional tapi tidak bisa menangis karena pria tidak bisa melakukan itu di depan umum. Christine kecilnya sekarang seorang wanita muda yang cantik dan menarik. Dia harus mengatur pernikahan yang baik dan beberapa tugas untuknya. Berpikir tentang hal itu dia tertidur di tidur siang. Kereta bergoyang, dia bangun dan mengandalkan jam sakunya untuk melihat jam berapa sekarang. Dia mencatat bahwa itu dekat dengan waktu pertemuan. Kereta mempercepat; Pesqueira datang ke pemandangan dan hatinya tenang. Pikirannya sekarang terkonsentrasi pada pertemuan dan dia berpikir tentang pertemuan dengan teman-temannya. Sinyal kereta itu akan berhenti dan Mayor berdiri untuk mempercepat jalan keluar. Hidup diperlukan pengorbanan dan dia lebih dari orang lain tahu itu. Waktu selama masa kecilnya dan pengalaman hidupnya memenuhi syarat dia bahkan lebih. Kereta akhirnya berhenti dan dia bergegas turun menuju markas politik kota.

Sekarang jam 8 pagi dan gedung raksasa sudah benar-benar penuh. Petani memasuki, menyambut orang yang dia kenal dan duduk di salah satu kursi depan dipesan untuknya. Sesi belum dimulai. Ada keributan yang didengar di seluruh markas umum. Beberapa mengeluh tentang penundaan, orang lain tentang kerabat mereka yang tidak bisa semua cocok ke kantor penggaris. Manajer gedung mencoba sia-sia untuk mengendalikan situasi. Akhirnya, sekretaris penggaris tiba, meminta untuk diam dan semua mematuhi. Dia mengumumkan:

" Yang Mulia, Penggaris Horacio Barbosa, akan memanggilmu sekarang.

Penggaris memasuki, meluruskan pakaiannya dan mempersiapkan untuk memberikan pidato.

"Selamat pagi, teman-teman saya tersayang. Dengan kepuasan besar bahwa aku menyambutmu di kursi ini yang mewakili kekuatan dan kekuatan kota kita. Dengan senang hati aku memanggilmu kemari untuk berbicara sedikit tentang pemerintahan kota kami dan memberdayakan perwakilan politik Mimoso dan Carabais. Korban kami telah tumbuh banyak di sektor komersial dan pertanian. Di perbatasan padang gurun dengan tanah air, kita memiliki Mimoso sebagai pos perdagangan utama. Kami memiliki perwakilan politik Anda, Mayor Quintino, hadir di sini. Di tanah Berbusa kita memiliki Carabais, dan dengan pertanian familier itu telah berhasil untuk membuat banyak dividen untuk kota. Kolonel Carabais, Tn. Soares, juga di sini. Turis dari kota kami juga berkembang setelah pendirian rel kereta api. Seperti yang kau lihat, kota kami tumbuh.

Akhirnya, aku ingin memperkenalkan Tn. Soares dan Tn. Quintino. Mari kita bertepuk tangan pada mereka.

Perakitan berdiri dan bertepuk tangan mereka berdua.

"Dengan wewenangku sebagai penggaris, aku menyatakan kalian komandan dari penduduk lokal kalian. Fungsi Anda adalah untuk memerintah, dengan tangan besi, kepentingan masyarakat, mengawasi koleksi pajak, dan menjaga hukum dan keadilan sesuai dengan kepentingan kita. Aku berjanji akan membantumu dalam segala hal.

Kotak ditugaskan untuk mereka dan semua tepuk tangan. Quintino memberi sinyal untuk penggaris dan keduanya mundur dari podium. Mereka akan memiliki percakapan pribadi. Keduanya masuk ruangan terlarang.

"Yang Mulia, saya meminta waktu Anda karena saya memiliki dua pertanyaan untuk disengaja dengan Anda. Pertama, aku ingin persentase yang lebih tinggi pada koleksi pajak. Kedua, pekerjaan untuk putriku, Christine. Seperti yang kau tahu, Mimoso menjadi pos perdagangan yang sangat penting setelah rel kereta api dan dengan itu, keuntungan dari balai kota proporsional meningkat. Aku ingin kemudian menjadi lebih kuat dan lebih kuat dan siapa tahu, bahkan menjadi penerusmu. Selain itu, aku ingin pekerjaan yang baik dan gaji yang baik untuk putriku, Christine. Dia agak... statis akhir-akhir ini.

"Dengan hormat atas keuntungan, pertanyaanmu menjadi mustahil. Kota ini memiliki banyak biaya dan administrasi saya adalah transparan dan serius. Secara pribadi, aku tak bisa melakukan apa-apa. Adapun pekerjaan, siapa yang tahu, aku bisa memberinya posisi mengajar.

Bagaimana bisa? Administrasimu transparan dan serius? Korupsi di sini terkenal! Ingat baik bahwa aku mendukung gubernur Anda dan memberinya persentase yang cukup besar dari suara. Jika kau tidak memberikan apa yang kuminta, dukungan itu akan batal.

Penggaris diam, dan berpikir dan memikirkan kembali tentang kantornya. Dia mengatur matanya pada Quintino dan berkomentar.

"Kau benar-benar mengerikan. Aku tak ingin menjadi salah satu musuhmu. Baiklah. Aku akan meningkatkan persentase Anda dan saya akan memberikan pengiriman dari pengumpul pajak kepada putri Anda. Bagaimana?

Senyum sedikit penuh wajah Mayor Quintino. Argumennya sudah cukup untuk meyakinkan penggaris. Dia benar-benar pemenang dan seorang pejuang.

" Baiklah. Aku terima. Terima kasih sudah mengerti, Yang Mulia.

Quintino mengucapkan selamat tinggal dan mundur dari ruangan. Pertemuan itu ditunda dan semua mundur dari aula.

Rapat Petani

Setelah akhir sidang, utama "Tuan-tuan" dari kota Pesqueira berkumpul di bar dekat dengan tempat mereka berada. Di antara mereka, Kolonel Sanharó (Tn. Goncalves), Kolonel Carabais (Tn. Soares) dan Mayor Quintino, dari Mimoso. Mereka berbicara dengan ceria tentang kekuasaan, kekuatan dan prestise.

" Pelaksanaan perkeretaapian merupakan surat yang menentang pemerintah. Itu mendorong produksi dan pemasaran harta kita. Pesqueira sudah menyoroti tingkat negara. Distrik-Nya telah menjadi referensi dalam banyak genre yang berbeda. Mimoso, misalnya, menjadi tempat strategis komersial yang sangat penting. Aku sudah bisa melihat semua keuntungan yang bisa aku ambil keuntungan dalam situasi ini. Kekayaan, pengucilan sosial, kekuatan politik dan komando yang tak terbatas. (Mayor Quintino)

"Sedangkan Carabais, rel kereta api tidak mempengaruhi keuangan kita hanya karena fakta bahwa itu tidak memotong melalui distrik kita. Teknisi pemerintah ingin mengalihkannya tepat sebelum pintu masuk desa. Tanah ini tidak cocok untuk penyebaran rel. Distrik kita, adalah pusat pertanian penting. Produk kami diekspor ke negara tetangga. Sebagai Kolonel, aku mendominasi wilayah dan aku dihormati. Mereka yang musuhku tidak akan bertahan lama.

"Pembentukan rel kereta api di Sanharó penting tapi bukan satu-satunya sumber pendapatan. Pertanian itu kuat dan kami unggul di tingkat negara. Susu dan daging kita adalah kelas utama dan memberi kita hasil yang baik. Adapun musuhku, aku memperlakukan mereka dengan cara yang sama sepertimu. Kita harus mempertahankan kekuatan Sistem Kolonel.

"Itu benar. Sistem ini harus dijaga untuk kebaikan kita sendiri. Pemungutan suara, penipuan, jaringan nikmat... semua ini menguntungkan kita. Kekuatan kita dan kekuatan kita berasal dari penyiksaan, tekanan dan intimidasi. Brasil ini: struktur kekuatan yang hebat Di tempat Suka hanya yang terkuat yang bertahan hidup. Dari tenggara, Di tempat Suka petani kopi kaya mendominasi, ke bagian timur laut dijalankan oleh Kolonel, sistem yang sama. Hanya nama dan situasi yang berubah. Kita harus menjaga orang-orang tenang dan mengundurkan diri karena ini adalah yang terbaik untuk ambisi dan tujuan kita. (Mayor)

"Aku sepenuhnya setuju dan untuk menjaga orang-orang tenang dan setuju itu diperlukan untuk mempertahankan tindakan kekejaman, penindasan dan otoritas. Orang-orang harus takut pada kita. Jika tidak, kita kehilangan rasa hormat dan keuntungan kita. Dunia ini tidak adil dan kita harus menjadi bagian kecil dari populasi yang adalah pemenang. Untuk memenangkan itu diperlukan untuk membunuh, menghina dan mencatat sila dan nilai dan itulah yang akan kita lakukan. (Kolonel Carabais)

Percakapan terus bersemangat tentang wanita, hobi dan hal lain. Mereka menghabiskan hampir dua jam berbicara. Mayor Quintino bangkit, mengucapkan selamat tinggal pada yang lain dan pergi. Kereta yang menuju ke Pesqueira ke Mimoso segera pergi.

Kembali ke rumah

Besar bergegas kembali ke stasiun kereta api Pesqueira. Kereta ini stasiun menunggu saat yang tepat untuk pergi. Dia pergi ke kantor tiket, membeli tiket, meninggalkan tipe dan kepala menuju kereta. Dia naik, mengeluh tentang penundaan kolektor untuk melayaninya dan duduk. Sinyal kereta itu akan pergi dan fokus utama pada rencananya. Dia melihat dirinya sebagai Penggaris Pesqueira, pria tangan kanan gubernur dan kakek setidaknya lima cucu. Anak-anak Christine dengan menantu yang akan dia pilih. Setelah semua, seorang pria dicapai hanya jika dia bisa menikahi anak-anaknya. Kereta berangkat dan membawa itu bersama dengan itu jurusan mimpi.

Ritme kereta cukup biasa. Para penumpang duduk tenang dan nyaman. Seorang karyawan menawarkan jus dan makanan ringan untuk penumpang. Mayor diperlukan camilan, mengunyah dan imajinasi seberapa baik rasa kemenangan dan kesuksesan. Dia pergi ke pertemuan dan kembali dengan rencananya yang dilaksanakan. Dia berhak mendapat persentase pajak yang lebih tinggi dan pekerjaan yang baik untuk putrinya. Apa lagi yang dia inginkan? Dia adalah pria yang siap, bahagia dalam pernikahannya dan memiliki putri yang cantik. Dia memegang pangkat Mayor dari Garda Nasional, yang telah dia beli, dan itu memberinya hak politik mendominasi Mimoso. Satu-satunya hal yang akan membuatnya bahagia adalah jika dia adalah Kolonel, tangan kanan Gubernur dan menikahi putrinya ke menantu yang ideal. Ini pasti akan terjadi. Waktu berlalu dan kereta akan mendekat ke kota kecil Mimoso, koral pemilihannya. Dia ingin menyampaikan berita kepada dua wanita dalam hidupnya. Jantungnya cepat dan angin dingin menabrak tubuhnya. Tiba-tiba kereta mengubah kecepatan. Mungkin bukan apa-apa, dia berpikir dirinya sendiri. Ritme kereta kembali normal dan dia tenang. Mimoso mendekat dan lebih dekat. Untuk sesaat, dia berpikir bahwa dunia bisa lebih baik dan bahwa semua harus pemenang seperti dia. Dia mencoba untuk menyimpang dari pikiran ini. Dia belajar sejak kecil seperti apa kehidupan itu dan tahu itu tidak akan berubah dari satu menit ke menit berikutnya. Dia masih menanggung tanda penderitaannya: hukuman ayahnya, pertempuran dengan kakak-kakaknya, pembunuhan yang telah dilakukannya. Otaknya menjaga kenangan itu utuh dari era itu. Jika dia bisa, dia akan membuang ingatan itu ke tempat sampah, jauh, jauh. Kereta bersiul bahwa itu akan berhenti. Penumpang memperbaiki rambut dan pakaian mereka. Kereta lewat dan semua orang turun, termasuk Mayor. Kedatangan santai dan dia tersenyum. Lagi pula, dia kembali dari Pesqueira yang menang.

Pengumuman

Setelah turun dari kereta, kepala utama ke stasiun, menyapa Rivanio dan meminta apa semuanya baik-baik saja. Dia menjawab ya dan utama mengucapkan selamat tinggal dan meninggalkan rumah. Seiring jalan, dia bertemu beberapa orang dan mereka berbicara tentang pendidikan. Dia bergegas dan dalam beberapa menit dekat kediamannya. Setelah tiba, dia masuk tanpa upacara, dan menemukan Gerusa membersihkan rumah dan mengirim dia untuk memanggil dua wanita dalam hidupnya. Mereka tiba dan memeluk dan menciumnya. Mayor meminta mereka duduk dan mereka patuh.

"Aku baru saja datang dari pertemuan yang aku lakukan di Pesqueira dan berita tidak bisa lebih baik. Pertama, aku akan menerima persentase yang lebih tinggi pada pajak yang aku kumpulkan. Kedua, aku mendapat pekerjaan dari pengumpul pajak untuk putri tercintaku Christine. Bagaimana menurutmu?

"Sensasional. Aku bangga menjadi istri seorang pria dengan karakter sejati sepertimu. Kita hanya akan menjadi lebih kaya dan lebih kuat seperti kemajuan waktu.

"Aku senang untukmu, Ayah. Tidakkah kau pikir pekerjaan dari kolektor pajak sedikit maskulin bagi saya?

"Apakah kau tidak bahagia, anak perempuan? Ini pekerjaan yang bagus dan dengan pembayaran yang cukup. Aku tidak berpikir itu pekerjaan seorang pria. Ini adalah posisi kepercayaan tinggi bahwa hanya Anda yang dapat melakukan.

"Tentu saja, itu pekerjaan yang bagus. Sebagai ibunya, aku menyetujui tanpa cadangan.

"Oke. Kau telah meyakinkanku. Kapan aku mulai?

"Besok. Fungsi Anda adalah untuk memantau dan menegakkan pengumpul pajak resmi, Claudio, putra Paulo Pereira, pemilik pendirian bensin. Dia bertanggung jawab dan jujur tapi seperti cerita itu mengatakan, kesempatan membuat pria.

"Kurasa itu akan baik bagiku. Ini kesempatan besar untuk bertemu orang dan berteman.

Mayor pensiun dan pergi untuk mandi. Christine kembali ke merajut bahwa dia lakukan sebelum ayahnya tiba dan Helena pergi untuk memberi perintah kepada pembantu dapur. Keesokan harinya akan menjadi hari pertama dia bekerja.

Pesan

Sudah beberapa minggu Claudio dan Christine berkencan secara diam-diam. Keduanya bertemu satu sama lain setiap lima belas hari di tempat kerja atau dalam situasi lain dengan kelompok teman-teman mereka. Pertemuan ini digunakan dengan baik oleh dua orang yang bertukar mengemis dan ciuman ketika tidak ada yang melihat. Namun, situasi ini tidak nyaman bagi Claudio. Dia masih merasa tidak aman dengan resolusi Christine untuk tidak memberi tahu siapa pun tentang hubungan mereka. Dia ingin melampiaskan dan memberi tahu seluruh dunia betapa bahagia dan terpenuhinya perasaannya. Untuk tujuan ini, dia memanggil Guilherme (seorang anak jalanan) dan memberinya catatan yang ditujukan kepada Christine. Anak itu dengan cepat mematuhi.

Guilherme tiba di rumah Christine, bertepuk tangan dan berteriak untuk didengar. Gerusa datang ke pintu.

" Ini adalah apa yang Anda inginkan?

"tiket ini untuk Christine. Bisakah kau memanggilnya, kumohon?

"Anda bisa memberikannya kepada saya. Aku bisa dipercaya.

"Tidak. Catatan ini harus disampaikan dengan tangan.

Dengan enggan, Gerusa pergi untuk memanggil Christine. Rasa ingin tahu yang besar sedang membangun dalam pikirannya. Dia adalah pembantu keluarga ini selama sepuluh tahun dan menurutnya, tidak ada yang terjadi di rumah itu yang tidak Selamat bersenang-senang oleh matanya. Sejak Christine masih kecil, dia merawatnya dan minatnya lebih dari ibunya sendiri. Dia tidak akan ditinggalkan dari ini. Christine ada di kamarnya dan ketika dia menerima berita dia pergi segera untuk bertemu anak itu. Dia mengambil catatan itu dan Gerusa menemaninya. Segera, Christine mengunci dirinya di kamarnya meninggalkan Gerusa yang sedih. Dia merasa tidak dihargai oleh sikap Christine. Tahun-tahun persahabatan dan keterlibatan menjadi debu pada saat itu. Lagi pula, apa yang bisa begitu penting sampai pada titik Christine yang ingin menyembunyikannya?

Rapat

Dengan jantungnya berdetak kencang, Christine mulai membaca catatan yang ditulis oleh Claudio. Di dalamnya, dia mengundangnya ke pertemuan yang akan diadakan di rumahnya. Christine ragu dan berpikir mungkin berisiko untuk pergi ke sana. Bagaimanapun, lidah jahat desa bisa menimbulkan kecurigaan tentang mereka berdua dan berita itu bisa berakhir langsung dengan orang tuanya. Dia ingin menjaga hubungan. Di sisi lain, dia tidak ingin menyakiti Claudio dan menghasut di antara mereka. Perasaan yang dia miliki untuk cintanya lebih penting. Dia berpikir sedikit dan memutuskan untuk pergi. Tentu saja, itu layak mempertaruhkannya untuk satu cinta sejatinya. Konsekuensinya, jika ada, yang akan mereka hadapi bersama.

Christine bersiap-siap dan pergi tanpa memberikan penjelasan kepada Gerusa atau orang lain. Pikirannya mengembara ke tempat-tempat yang tidak Selamat bersenang-senang orang lain yang tidak tahu sejarah mereka. Dia berpikir tentang biara, putra tukang kebun dan tentang cintanya, Claudio. Biara itu muncul sebagai gambar lama yang ingin dia lupakan. Di sana, ia belajar bahasa Latin, dasar-dasar agama, menghormati orang dan arti sebenarnya dari kata cinta. Masih di biara, dia ingat putra tukang kebun dan pentingnya pematangan keputusan itu dan bagaimana hal itu telah mengubah hidupnya. Dia telah menyerah menjadi biarawati dan telah mengambil semua konsekuensinya, seperti kekecewaan dan penghinaan terhadap ibunya. Dia berpikir tentang Claudio dan dengan pemikiran itu secercah harapan mengisi seluruh keberadaannya. Harapannya adalah bahwa mereka tetap bersama didukung oleh cinta abadi, bahkan jika mereka harus melewati hambatan yang tidak dapat diatasi. Piknik di gunung datang ke pikirannya dan bagaimana mereka bahagia meskipun tidak bersama- sama. Dia ingat pelukan, ciuman dan berharap bahwa/itu dia membuat di gunung suci. Di satu sisi, permintaannya sudah mulai dijawab saat dia dan Claudio berkencan. Pergi ke gereja dan belajar apa yang dia miliki, membantunya memulai hubungan di Sucavão. Tempat ajaib itu memiliki kekuatan untuk menawan dan menyatukan dua hati. Dia telah belajar untuk menjadi seperti sungai yang mengalir, menyerahkan dirinya sepenuhnya pada takdirnya, Claudio. Baginya dia memutuskan untuk pergi ke pertemuan itu.

Christine mempercepat langkahnya, didorong oleh rasa ingin tahu. Dia sudah hanya beberapa meter dari tempat itu. Dia melihat sekeliling dan memastikan bahwa tidak ada yang mengikuti atau mengawasinya.

Naluri perlindungan diri lebih kuat dari apa pun. Lagi pula, setiap tindakan pencegahan yang diambil diperlukan dalam hubungan yang belum dikonfirmasi. Dia melangkah sedikit lebih jauh dan akhirnya tiba di rumah Claudio. Dia mengetuk pintu dan menunggunya dijawab. Pintu terbuka dan Claudio menariknya ke dalam. Yang mengejutkan Christine, seluruh keluarga Claudio bersatu kembali.

"Ini pacarku, Christine, seperti yang aku janjikan. Kami sudah berkencan selama dua minggu sekarang. Ini adalah ibu saya, Olivia (katanya menunjuk seorang wanita dengan fitur kuat yang tampaknya berusia sekitar lima puluh tahun). Yang lain yang sudah Anda kenal: Saudara perempuan saya Fabiana dan Patricia, dan ayah saya, Paulo Pereira.

Christine terengah-engah dengan presentasi ini. Apa yang dilakukan Claudio? Bukankah keduanya setuju untuk berkencan secara diam-diam? Dengan canggung, Christine menyapa semua orang. Claudio membuatnya duduk di meja di mana semua orang berada.

"Selamat datang di keluarga, Christine. Suami saya dan saya menyetujui hubungan ini. Anda adalah seorang gadis yang serius dan berprestasi. (Olivia)

"terima kasih sayangku. Aku tidak mengharapkan ini. Claudio mengejutkan saya. (Christine)

"Aku tidak bisa mengambil situasi ini lagi. Orang tuaku memiliki hak untuk bertemu dengan gadis tercinta di hatiku. (Claudio)

Yang mengatakan, Claudio terjerat Christine dalam pelukannya dan menciumnya.

" Aku sudah memberi tahu Christine betapa senangnya aku menjadi adik iparnya. Selain itu, saya ingin mengatakan bahwa saya mengagumi tekad dan ketabahan Anda. (Fabiana)

"Aku juga. Aku berharap kebahagiaan untuk kalian berdua. (Patricia)

Paulo Pereira mulai menyajikan koktail dan Christine sedikit ditarik, meskipun bahagia. Percakapan mulai melakukan perjalanan ke dan dari berbagai mata pelajaran dan Christine adalah pusat perhatian. Semua orang memuji postur dan gayanya. Waktu berlalu dan Christine bahkan tidak menyadarinya. Setelah mereka mengenalnya sedikit, Christine mengucapkan selamat tinggal dan Claudio menemaninya ke pintu. Mereka saling berpelukan dan mencium sebelum mengucapkan selamat tinggal. Sikap Claudio menunjukkan kepada Christine bahwa niatnya serius dan nyata.

Pengakuan

Itu adalah Kamis pagi yang indah dan Christine bersiap untuk pergi melihat Pastor Chiavaretto. Dia berada dalam barisan lima orang. Kecemasan, kegugupan dan keraguan mengisi seluruh keberadaannya. Persiapan yang dia buat sebelum pengakuannya tidak berlaku. Semua yang dia anggap sebagai dosa datang ke pikirannya: Kelalaian, kesalahan dan kurangnya kehati-hatian. Namun, dia masih tidak yakin apakah dia bahkan akan mengatakan seluruh kebenaran. Di sisi lain, jika dia tidak melakukannya, dia akan terus tinggal dalam dosa. Para biarawati dari biara tempat dia tinggal selama tiga tahun cukup ketat dalam hal itu. Baris kosong dan Christine adalah yang berikutnya. Dia memasuki pengakuan dosa dan berlutut.

"Salam Maria, penuh rahmat.

Dipahami tanpa dosa.

Akui dosa-dosamu, putriku.

"Bapa, aku punya rahasia besar yang membebaniku. Sudah lama aku berkencan dengan pemungut pajak, Claudio. Rahasia ini membunuhku, ayah. Terkadang, aku bahkan tidak bisa tidur di malam hari. Namun, jika saya katakan, saya yakin orang tua saya akan menentang hubungan ini karena mereka sangat bias. Apa yang harus kulakukan, Ayah? Saya tidak ingin putus dengan Claudio karena saya mencintainya.

Putriku, kau harus mengatakan seluruh kebenaran. Hanya itu yang dapat membuat kesadaran Anda bebas dari penyesalan. Bicaralah dengan orang tua Anda dan tunjukkan sudut pandang Anda kepada mereka. Ketika cinta itu benar, ia mengatasi semua rintangan. Saya pikir saya akan memberi Anda penebusan dosa untuk mencerminkan lebih baik. Berdoalah sepuluh Bapa Kami dan lima Salam Maria.

Christine berterima kasih kepada Bapa dan pergi untuk memenuhi penebusan dosanya. Dia akan merenungkan saran yang diberikan olehnya.

Gosip

Christine pergi ke rumah Claudio tidak benar-benar tidak diperhatikan dan begitu juga cara dia memperlakukannya di depan umum. Beatrice, tetangga Claudio, curiga bahwa kunjungan ini bukan hanya yang ramah. Setelah fakta itu, dia memutuskan untuk menyelidiki keduanya untuk melihat apakah dia benar dalam kecurigaannya. Dia akhirnya menemukan seluruh kebenaran. Untuk sementara waktu, dia tetap diam karena takut akan reaksi mayor dan istrinya. Kemudian, dia tidak merasa bahwa/itu seluruh situasi ini sangat adil. Dengan rasa keadilan, dia memutuskan untuk pergi ke rumah mayor. Dia tiba, bertepuk tangan dan bertemu dengan Gerusa.

"Apa yang Anda inginkan?

"Saya ingin berbicara dengan mayor dan istrinya.

"Mereka berada di ruang tamu. Masuk.

Dengan cepat, Beatriz masuk dan berdiri di depan keduanya.

"Selamat hari, Mayor Quintino dan Wanita Helena. Aku punya sesuatu yang serius untuk dibicarakan denganmu. Apakah putrimu di rumah?

"Pergi ke pengakuan dosa. (Helena)

"Bahkan lebih baik. Aku ingin bicara denganmu tentang dia. Dia diam-diam berkencan dengan Claudio, pemungut cukai. Sana. Aku mengatakannya. (Beatriz)

"Apa? Apakah Anda gila, wanita? Putriku adalah gadis yang baik. Dia tidak akan terlibat dengan pria seperti itu. (Mayor)

"Aku juga tidak bisa mempercayainya. Aku masih ingin dia menjadi biarawati. (Helena)

"Saya meyakinkan Anda bahwa apa yang saya katakan itu benar. Saya melihat keduanya berpelukan dan berciuman dengan mata kepala sendiri, saya bersumpah yakin saya berdiri di sini. (Beatriz)

"Lalu Dia mengkhianati kita. Dia salah jika dia pikir dia akan tinggal bersamanya. Saya tidak akan mencampur nama atau darah saya dengan Pereira sederhana. (Mayor)

"Aku juga tidak bisa mempercayainya. Aku tidak akan membiarkannya menikah. (Helena)

" saya pikir saya telah memenuhi perbuatan orang Samaria saya yang baik hati. Saya tidak tahan melihat ketidakadilan. (Beatriz)

"Terima kasih telah memberitahu kami. Aku akan menebusnya padamu.

Mayor berdiri dan menyerahkan segepok uang tunai ke Beatrice. Dia pergi dengan gembira dan diam-diam meninggalkan rumah pedesaan dengan berpikir dia telah menyelesaikan misinya.

Perjalanan ke Recife

Berita bahwa Christine berkencan dengan pemungut pajak sederhana tidak membuat orang bahagia. Dengan kebanggaannya terluka, dia merencanakan akhir dari situasi menjengkelkan ini. Dia mengirim catatan kepada penggaris dan Kolonel Rio Branco mengundang mereka dalam perjalanan ke Recife. Ketiganya akan berbicara dengan Gubernur tentang urusan bisnis, politik dan masalah pribadi. Dengan semua menetap, mayor mengemasi tasnya saat dia pergi keesokan harinya untuk Recife.

Hari dimulai dengan matahari lebih panas dari sebelumnya. Yang utama muncul tanpa penundaan dan pergi untuk mandi. Dia memasuki kamar mandi, menyalakan keran dan air dingin membanjiri seluruh tubuhnya. Air dingin meyakinkan hati nuraninya tetapi darahnya masih mendidih. Dia ingat Christine ketika dia masih kecil. Dia manis dan lembut seperti bunga. Suatu ketika dia bermain dengan boneka dan mengundangnya untuk bermain juga. Dia dengan canggung menerima.

Christine memainkan peran ibu dan dia boneka ayah. Mereka menghabiskan waktu lama untuk membayangkan percakapan dan situasi dalam keluarga. Ada saat dia berkata: "Bonekaku beruntung memiliki ayah sepertimu. Itu membuatnya sedikit bergerak dan dia harus menarik diri dari bermain sehingga dia tidak melihatnya menangis. Apa yang terjadi pada gadis kecil yang sensitif itu? Bagaimana dia bisa mengkhianatinya seperti itu? Ketika dia lahir, dia tidak menyangkal memiliki perasaan tidak menguntungkan tertentu untuk dia telah dilahirkan perempuan. Yang paling cocok baginya adalah memiliki seorang putra, seseorang untuk menggantikannya dalam tirani, kekuatan politik dan kesombongan sosial. Tapi seiring waktu, dia menunjukkan nilainya dan memenangkan semua orang dalam keluarga. Rencananya berubah menjadi mengatur menantu yang baik untuk merawat putrinya dan menggantikannya. Rencana ini tampaknya akan menurun pada berita terbaru yang dia terima. Dengan cepat, mayor mematikan air dan meninggalkan kamar mandi. Dia terburu-buru untuk menempatkan rencananya ke dalam tindakan.

Dia pergi ke dapur dan sarapan. Dia menyapa istrinya tetapi berpura-pura tidak melihat putrinya. Christine mengambil inisiatif dan berbicara dengannya, tetapi dia menanggapi dengan pahit dan kering kepadanya. Dia pikir sikap ayahnya aneh, tetapi tetap diam. Jurusan memiliki sarapannya, beri tahu mereka bahwa dia akan pergi beberapa hari, bangun dan pergi. Sudah keluar dari rumah, ia mulai membentuk rencana aksi: Pertama ia akan pergi ke kantor polisi dan kedua naik kereta menuju Recife. Rencananya diterjemahkan ke dalam negara bagian yang utama, gelisah, gelisah dan kecewa. Dia tidak nyaman menemukan dirinya dalam situasi saat ini: Ayah mertua seorang pegawai negeri sederhana. Dia merasa khawatir karena tidak tahu persis hasil apa yang akan dia capai dalam perjalanan ini. Dia kecewa karena dikhianati oleh satu-satunya putri tercintanya. Apa lagi yang bisa terjadi? Dia tidak tahu. Beberapa menit kemudian dia sudah bisa melihat kantor polisi dan kebenciannya tumbuh lebih banyak lagi. Siapa yang dipikirkan pemungut cukai remeh itu? Bahkan dalam mimpi terliarnya dia tidak bisa bergabung dengan keluarga Matias. Ini adalah keluarga yang tradisional dan yang telah menaklukkan hampir semua tanah di sebelah barat Pesqueira. Siapakah Pereira? Hanya keluarga pedagang sederhana yang tidak sampai ke tingkat putrinya. Dia tidak akan membiarkan keduanya tinggal bersama selama dia hidup.

Akhirnya, mayor memasuki stasiun dan pergi ke kantor Delegasi Pompeu. Dia menganggukkan kepalanya dan mulai berbicara.

" Pompeu, saya punya pekerjaan untuk Anda. Aku ingin kau menangkap seorang pria untukku.

"Mengapa? Siapa pria itu?

"Ini adalah seorang pria yang tidak menghormati putri saya. Namanya Claudio, pemungut cukai.

"Claudio? Dia tampak seperti anak yang baik.

"Saya juga berpikir begitu. Namun, dia mengecewakan saya dengan sikapnya. Sampai hari ini, dia adalah musuhku dan harus menderita karena pengkhianatannya. Aku ingin kau segera menangkapnya dan tidak membebaskannya sampai aku mengatakannya.

"Baiklah, aku akan melakukannya. Anak buahku akan menangkapnya hari ini.

" Itulah Yang ingin kudengar. Kau teman baik, Pompeu. Siapa yang tahu kapan saya penggaris Anda mungkin sekretaris saya.

"Pada layanan Anda, Sir.

Keduanya berangkat dan kepala utama ke arah stasiun kereta api. Sebuah kereta menuju Recife akan berangkat dalam beberapa menit. Langkah-langkah utama menjadi lebih dan lebih teratur dan dia merasa lebih baik. Langkah pertama dari rencananya telah selesai. Musuhnya, dalam waktu singkat, tidak akan berdaya di balik jeruji besi. Christine harus terbiasa hidup tanpa dia. Jurusan mulai merancang, di kepalanya, langkah kedua dari rencananya, sebuah langkah yang hanya dia dan Tuhan tahu tentang. Dia tiba di stasiun, membeli tiket, menyapa staf dan papan.

Setelah memasuki kereta, ia menemukan Kolonel Rio Branco (Henrique Cergueira). Dia duduk di sampingnya dan senang Kolonel telah memenuhi permintaannya. Mereka mulai berbicara dan mengingat hari-hari perintis mereka. Mereka ingat perlawanan penduduk asli dan bagaimana mereka harus kejam untuk mengambil alih tanah mereka. Mereka adalah saat-saat kemuliaan bagi keduanya. Mayor Quintino dan Petani Osmar mengambil alih tanah di wilayah Mimoso dan Kolonel Henrique Cergueira mengambil tanah di wilayah Rio Branco, sebuah desa yang terletak di sebelah barat Mimoso. Kolonel ingat bagaimana dia bisa meyakinkan keluarga pribumi bahwa dia tidak akan membahayakan mereka. Waktu berlalu dengan cepat untuk keduanya mengingat masa lalu yang tidak terlalu jauh itu.

Peluit kereta menandakan bahwa itu akan berhenti. Mayor dan kolonel pergi keluar untuk memiliki camilan cepat. Mereka tiba di bar dekat stasiun kereta api Pesqueira.

"Apa yang akan Anda miliki, Tuan-tuan?

"Dua cangkir barang bagus yang Anda miliki di sana dan sepiring daging sapi panggang. (Mayor)

"Nah, Mayor, Anda telah meminta saya untuk pergi ke Recife tetapi belum menjelaskan kepada saya mengapa kita benar-benar pergi ke sana.

"Saya punya rencana tapi saya tidak bisa bicara sekarang. Saya harus menyelesaikan masalah dengan gubernur dan kemudian berbicara serius dengan Anda.

"Anda tidak bisa memberi saya petunjuk?

"Tidak. Tidak lebih dari apa yang sudah kukatakan.

Percakapan itu mendingin dan keduanya menyelesaikan makanan ringan mereka. Mereka meninggalkan bar, kembali ke stasiun kereta api dan naik kereta lagi karena hendak pergi. Saat memasuki kereta, penggaris sudah hadir. Mayor senang bahwa dia juga telah menjawab permintaannya. Mereka tetap di mobil yang sama untuk berbicara tentang keluarga mereka, bintang sepak bola dan wanita. Berbicara tentang keluarganya, mayor mengutip istri dan putrinya sebagai harta terbesarnya. Kolonel berbicara tentang putranya, Bernard, dan putrinya Karina dan memastikan bahwa mereka akan menjadi penerusnya yang sah dalam politik seperti dalam cara bertindak mereka. Penggaris mengatakan bahwa dia tidak memiliki anak karena istrinya mandul tetapi dia tetap menikah dengan bahagia. Berbicara tentang olahraga, mereka mengutip Sport Recife dan bahari sebagai tim sepak bola terbaik di negara bagian ini. Tentang wanita, yang utama menegaskan bahwa dia mencintai semua jenis. Kolonel mengatakan dia lebih suka wanita berkulit gelap dengan tubuh ramping. Penggaris mengklaim bahwa dia tidak melihat wanita lain selain istrinya. Yang lain menertawakan pernyataan itu. Mereka terus berbicara dan waktu berlalu dengan cepat. Kereta membuat beberapa berhenti sebelum tiba di tujuan akhir, Recife.

Ketiganya turun dan langsung memanggil kendaraan untuk membawa mereka ke istana yang merupakan pusat pemerintahan negara bagian. Di dalam mobil, pengemudi memperkenalkan dirinya dan mengajukan beberapa pertanyaan. Mereka menjawab terus dalam percakapan. Pengemudi berbicara tentang Recife, menyoroti jembatan, pantai, sungai, gereja, dan tengara lainnya. Dia menyimpulkan dengan mengatakan bahwa orang-orang Recife ramah dan ramah. Mayor tidak terlalu memperhatikan percakapan karena dia fokus pada rencananya. Percakapan dengan gubernur akan sangat menentukan baginya. Beberapa waktu kemudian mobil berhenti di depan istana dan semua keluar.

Ketiganya berkeliaran beberapa meter yang memisahkan mereka dari istana dan masuk dengan gerbang utama. Di dalam mereka diinstruksikan kepada kabinet dan diberitahu bahwa gubernur akan melihat mereka. Mereka memasuki daerah dan diterima oleh gubernur. Penggaris membuat perkenalan yang tepat.

Ini adalah Mayor Quintino, otoritas politik terbesar di wilayah desa Mimoso yang berkembang pesat. Dan ini adalah Kolonel Rio Branco (Henrique Cergueira), sebuah perintis penting dari wilayah barat Pesqueira.

"Aku pernah mendengar pembicaraan tentang Mimoso. Tempat ini telah menjadi pos perdagangan penting Pernambuco, dengan penyebaran kereta api. Adapun Anda, Kolonel, Anda terkenal karena prestasi besar Anda. Merupakan suatu kehormatan untuk menyambut Anda di sini di gedung ini yang mewakili kekuatan rakyat kita dan kebanggaan negara kita. Apa yang bisa saya bantu?

"Jurusan harus tahu. Dia telah mengundang kita untuk datang ke sini tetapi tidak membiarkan kita masuk dengan alasan mengapa. (Kolonel Rio Branco)

"Ini adalah kebenaran. Tentang pemilihan berikutnya untuk Penggaris Pesqueira, saya ingin, dengan segala hormat, Pak, jika Anda akan mendukung saya untuk penerus teman baik kami, Horacio Barbosa.

"Apa? Wilayah Pesqueira memiliki banyak kolonel. Salah satunya harus menjadi penerusnya.

"Tak satu pun dari mereka memiliki kecerdasan dan kekuatan politik saya. Saya telah menerapkan alat penyiksaan yang disebut pers dan itu telah menjadi teror mutlak musuh-musuh saya. Saya tidak lagi hanya besar sederhana. Horacio dan Henrique, hadir di sini, dapat bersaksi dalam mendukung saya.

"Ini adalah kebenaran. Quintino Utama menonjol di kota Pesqueira. Dia adalah anggota penting dari sistem "Kolonel" kami. Saya, sebagai Kolonel Rio Branco, menunjukkan kepadanya dukungan saya yang tidak terbatas.

"Saya juga mendukungnya. Dia adalah salah satu pelopor pertama tanah di wilayah Mimoso. Sikapnya dengan penduduk asli sangat penting dan menentukan. Dia adalah satu-satunya yang bisa menggantikan saya sebagai penggaris.

"Nah, jika Kalian berdua menyetujui pencalonannya dan membuktikan, saya tidak keberatan. Saya mendukungnya sebagai Penggaris Pesqueira berikutnya.

Ketiganya memuji gubernur dan Mayor Quintino menarik Kolonel Rio Branco ke ruangan lain. Mereka akan melakukan percakapan pribadi.

"Apa yang ingin kau katakan padaku? Kenapa kau menarikku seperti itu?

" Saya Punya sesuatu untuk ditawarkan kepada Anda, Pak. Saya memiliki seorang putri cantik bernama Christine dan ingin dia menikah sesegera mungkin. Aku berpikir tentang pelamar yang mungkin. Kemudian saya ingat putra Anda Bernard dan bagaimana dia adalah penerus Anda yang sah baik dalam sikap maupun politik. Saya pikir dia akan menjadi pasangan yang sempurna untuk putri saya. Apa yang Anda katakan? Akan sangat bagus jika keduanya menyatukan keluarga kita.

Sir Henrique berpikir sejenak dan menjawab.

"Aku juga berpikir untuk menikah dengan Bernard. Ada saatnya ketika seorang pria harus bijaksana dan meletakkan akar. Putrimu akan menjadi keuntungan besar baginya. Namun, bukankah dia akan menjadi biarawati?

"Dia sudah meninggalkan ide itu. Istri saya mengisi kepalanya ketika dia masih kecil. Sekarang, dia sudah menetap dan siap untuk menikah. Kapan kita bisa mengatur pernikahan?

"Saya pikir satu bulan sudah cukup untuk mengurus pengaturan. Kita harus mengadakan pesta besar dan mengundang rekan-rekan kita dalam sistem.

" Tentu saja. Semuanya untuk kebahagiaan keduanya. Saya tidak bisa menunggu sampai rumah saya penuh dengan cucu.

Keduanya berjabat tangan dan kembali ke kantor gubernur di mana mereka bergabung dengan penggaris. Mereka mengucapkan selamat tinggal kepada otoritas politik tertinggi negara dan menuju ke hotel terdekat. Mereka akan menghabiskan dua hari lagi di ibukota Pernambuco berpartisipasi dalam upacara dan menikmati keindahan pantai.

Kembali ke Pedalaman

Ketiga wisatawan dari pedalaman berangkat dari hotel dan fasilitas ibukota Pernambuco. Mereka menyewa kendaraan langsung ke stasiun kereta api. Dalam waktu singkat, mereka tiba di tempat tujuan mereka. Mereka keluar dari mobil, membeli tiket mereka dan akhirnya memulai. Mereka duduk di bagian kelas satu. Penggaris dan Kolonel Rio Branco mulai berbicara tetapi yang utama tampak bijaksana, pikirannya tersebar. Gambar Claudio dan Christine muncul di benaknya. Tidak, mereka tidak pernah bisa bersama karena mereka milik dunia yang sama sekali berbeda. Dia tidak membesarkan putrinya untuk menjadi pegawai di toko ritel. Dia pantas mendapatkan lebih dari itu karena dia adalah putri dari otoritas politik utama tertinggi di wilayah Mimoso. Dalam pikirannya, mayor melihat Claudio di penjara dan itu memberinya perasaan senang yang aneh. Siapa yang menyuruhnya mengkhianatinya seperti itu? Siapa yang memberinya mimpi begitu tinggi? Dia hanya membayar harga kegilaannya sendiri. Mayor membayangkan seluruh adegan dan tidak menyesal. Bagaimanapun, dia menjaga kepentingan putrinya dan masa depannya.

Kereta menyentak dan mayor mulai masuk ke dalam percakapan dengan dua temannya. Mereka berbicara tentang proyek-proyek masa depan mereka. Kolonel Rio Branco merindukan untuk membuat desanya sebuah kota dalam beberapa tahun dan kemudian mendapatkan kemerdekaan dari kota Pesqueira. Dia bermimpi menjadi penggaris dan mendapatkan posisi yang baik untuk teman-teman dan keluarganya. Penggaris berbicara tentang meninggalkan politik dan menjadi tuan tanah yang hebat di pedalaman, di sekitar Vila Bela. Dia berbicara tentang merawat kawanan ternak dan menanam perkebunan yang luas. Uang yang dia dapatkan dengan langkah-langkah penipuan akan cukup untuk menyelesaikan rencana ini. Jurusannya lebih sederhana. Dia ingin melihat putrinya menikah dan dengan anak-anak. Dia juga mengandalkan kata-kata gubernur yang berjanji untuk mendukungnya menjadi penggaris. Ketiganya terus berbicara dan seorang karyawan menawarkan mereka jus dan makanan ringan. Mereka menerima. Waktu berlalu dengan cepat dan mereka melewati kota-kota besar di negara bagian. Ketika mereka tiba di Pesqueira, penggaris mengucapkan selamat tinggal kepada mereka dan turun.

Rute yang tersisa (lima belas mil) antara Mimoso dan kantor pusat dibuat dengan lancar dan aman. Mayor dan Kolonel Rio Branco tetap diam sebagian besar waktu. Ketika kereta tiba di Mimoso, yang utama mengucapkan selamat tinggal dan turun. Setelah pergi, itu menunjukkan di wajahnya betapa bahagianya dia karena dia telah kembali sukses.

Pernikahan yang Diatur

Setelah menyapa para pejabat stasiun, kepala utama untuk rumahnya. Dia melihat beberapa orang di sepanjang jalan tetapi tidak terlalu memperhatikan karena dia berpikir tentang cara terbaik untuk menyampaikan berita kepada para wanitanya. Apa reaksi Christine? Apa yang akan dikatakan istri tercintanya? Yang pertama telah mengkhianati kepercayaan dirinya dengan berkencan dengan pemungut pajak sederhana. Yang kedua masih berharap putrinya adalah seorang biarawati. Dia tidak peduli. Dia adalah orang dari rumah dan keduanya harus mematuhi keputusannya. Apa yang dia putuskan adalah yang terbaik untuk seluruh keluarga. Dengan pemikiran itu, hore utama dan tak lama tiba di rumah. Dia membuka pintu depan dan menuju ke ruang tamu tetapi tidak ada seorang pun di sana. Dia memanggil putri dan istrinya dan mereka menjawab dari dapur. Dengan cepat, dia menuju ke sana.

“Aku sudah kembali dari Recife. Maukah kau memelukku?

Christine dan Helena dengan hangat menanggapi permintaan mayor. Mereka bertukar belahan beberapa saat.

“Aku membawa kabar baik untukmu. Dengar, sungguh suatu kehormatan, aku memiliki hak istimewa untuk berbicara dengan gubernur secara langsung.

“Aku selalu tahu kau pria yang hebat. Sejak aku bertemu denganmu, aku tahu kau adalah pria dalam hidupku. Seorang pria dengan visi dan kesuksesan. Anda membeli pangkat mayor, kami pindah ke Recife dan Anda memiliki ide cemerlang untuk menguasai sebagian besar tanah yang terletak di sebelah barat Pesqueira. Sejak saat itu, kami telah memiliki banyak prestasi. Aku bangga padamu, cintaku. (Helena)

Mayor dan istrinya memeluk dan mencium dan Christine sangat senang dengan adegan itu. Dia juga ingin bahagia seperti orang tuanya.

“kamu punya berita apa, ayah? Aku sangat ingin tahu.

Mayor meminta mereka untuk duduk dengan ekspresi serius dan misterius di wajahnya.

“Ada dua pengumuman besar. Yang pertama adalah bahwa gubernur akan memberikan dukungan penuh untuk pencalonan saya untuk penggaris kota Pesqueira. Yang kedua, dan yang tidak kalah penting, adalah bahwa saya telah merencanakan pernikahan yang baik untuk Anda, Christine. Suamimu akan menjadi putra Kolonel Rio Branco yang penting. Namanya Bernard dan dia sebaya denganmu. Pernikahan akan berlangsung dalam sebulan.

Dingin mengalir di tulang belakang Christine dan dia sedikit pusing. Apakah dia mendengar dengan benar? Kenyataan ini lebih buruk dari mimpi buruk.

“Apa? Anda telah mengatur pernikahan untuk saya? Aku tidak mengharapkan itu. Ayah, aku belum siap untuk itu. Aku bahkan tidak tahu orang ini apalagi mencintainya. Maafkan aku, tapi aku tidak akan menikahinya.

“Saya juga menentangnya. Saya selalu bermimpi bahwa dia menjadi seorang biarawati. Aku masih punya harapan bahwa dia akan kembali ke biara. Pernikahan tidak akan membawa kebahagiaan bagi putriku.

“Sudah diputuskan. Kau pikir aku akan menerima Anda menggoda sekitar dengan Claudio? Bahkan dalam mimpi terliarnya dia tidak pernah menjadi menantuku. Saya tidak membesarkan putri saya untuk memberikan dirinya kepada sembarang orang. Sedangkan untuk cinta, jangan khawatir, Anda akan mendapatkannya dari waktu ke waktu.

Christine mulai menangis tentang seluruh situasi. Apakah itu berarti dia sudah tahu tentang dia dan Claudio? Dia tidak mengatakan apa-apa.

“Ayah, aku mencintai Claudio dengan segenap kekuatanku. Bahkan jika aku tidak bisa bersamanya, aku tidak akan melupakannya. Pernikahan yang kau atur untukku ini hanya akan membawa perselisihan. Saya merasa bahwa ini tidak akan berakhir dengan baik.

"Omong kosong. Semuanya akan baik-baik saja. Adapun Claudio, dia tidak akan lagi menyakiti Anda. Aku telah membawanya keluar dari... sirkulasi.

"Apa yang kau lakukan dengannya?

"Saya mengatakan kepada Wakil Pompeu untuk menangkapnya. Di sana, dia akan menyesali hari dia menyentuhmu.

"Kau raksasa yang tak berperasaan. Aku benci kamu!

Christine meninggalkan dapur dan pergi dan mengunci dirinya di kamarnya. Dia akan menangis sepanjang hari karena cintanya yang mustahil.

Mengunjungi

Kedatangan hari baru tampaknya tidak menjiwai Christine. Dia baru saja bangun tetapi tetap tidak bergerak di tempat tidur. Hari sebelumnya telah menghancurkan dalam hidupnya. Dengan berita pernikahan yang diatur, hatinya hancur dan harapannya untuk bahagia juga. Dia hanya bisa memikirkan Claudio dan penderitaannya. Dia mencoba untuk bangun tetapi tubuhnya yang lemah menolak upaya itu. Dia mencoba sekali, dua kali, tiga kali sampai dia bisa bangun. Dia melihat ke cermin dan melihat Christine yang ditebang dan dikalahkan. Apa yang akan terjadi padanya? Bisakah dia menyembunyikan rasa jijik yang dia rasakan untuk orang asing ini yang akan menikahinya? Setelah semua dia menghancurkan kisah cinta yang indah. Dia mencerminkan lebih baik dan mengubah pendapatnya. Keduanya tidak bisa disalahkan. Sistem kuno yang mengatakan bahwa orang tua harus mengatur pernikahan untuk anak-anak mereka yang harus disalahkan. Di mana kebebasan yang diidolakan dipahami dalam Revolusi Prancis? Itu sama sekali tidak ada di Brasil. Kesetaraan dan persaudaraan juga merupakan tujuan yang jauh untuk dicapai. Di dunia di mana para kolonel dan otoriter memerintah tidak ada tempat untuk hak asasi manusia.

Christine berjalan menjauh dari cermin dan memutuskan untuk mandi. Mungkin sedikit air dingin akan menenangkan saraf dan suasana hatinya? Dengan harapan itulah dia masuk ke kamar mandi. Sekitar dua puluh menit kemudian dia keluar mencari untuk menjadi sedikit lebih baik. Air benar-benar memiliki kemampuan untuk mengembalikan kekuatan. Dia mengeringkan dirinya sendiri dan mengenakan pakaian yang bagus. Tak lama kemudian, dia pergi untuk sarapan di dapur. Dia menemukan ibunya dilayani oleh Gerusa.

"Di tempat apa ayah?

"Dia pergi lebih awal. Dia pergi untuk membeli ternak di peternakan di dekatnya. Kemudian, ia mengadakan pertemuan bisnis di Asosiasi Penduduk. (Helena)

"Apakah dia masih tetap pada gagasan ingin memiliki saya menikah?

"Dia sangat jelas kemarin. Pernikahan Anda dijadwalkan untuk bulan depan. Jika aku jadi kamu, aku akan belajar menerimanya karena dia tidak akan berubah pikiran.

"Kau, ibuku, tidak bisa menarikku? Pernikahan ini tidak akan membawa sesuatu yang baik untuk keluarga kami.

"Aku tidak ingin bertengkar dengan ayahmu. Pernikahan kami telah berlangsung begitu lama karena saya tahu bagaimana berhati-hati dan tunduk. Jika Anda telah mendengarkan saya dan tinggal di biara, Anda tidak akan menghadapi situasi ini. Anda akan benar pada saat ini, dalam persekutuan penuh dengan Tuhan kita Yesus Kristus.

"Aku tidak akan menjalani mimpimu, ibu. Aku punya hidupku sendiri. Ada banyak cara lain untuk melayani Tuhan kita Yesus Kristus.

"Kalau begitu jangan tanya apa-apa padaku.

Christine terdiam dan selesai sarapan. Dia bangun dan mengundang Gerusa untuk menemaninya berjalan-jalan, dan dia siap setuju. Keduanya pergi agar tidak menimbulkan kecurigaan Helena. Ketika mereka berada di luar rumah, Christine menyampaikan instruksi kepada pelayan. Dia menerima dan keduanya terus berjalan. Mereka sedang menuju ke kantor polisi di mana Christine bermaksud untuk melihat, jika hanya sebentar, cintanya yang besar, Claudio. Dia hancur memikirkan kekejaman yang mereka kirimkan kepadanya. Dia mempercepat langkahnya, berharap untuk melihatnya. Dia tidak melupakan saat-saat di gunung atau Sucavão di mana dia menyerahkan diri sepenuhnya. Ayahnya bisa menikahinya dengan pria lain tetapi itu tidak akan membunuh perasaan yang dia bawa di dalam hatinya. Bahkan jika dia mau, dia tidak bisa melakukan itu.

Beberapa waktu kemudian mereka akhirnya sampai ke kantor polisi. Christine memerintahkan Gerusa untuk menunggu di luar dan dia menuju ke kantor delegasi.

"Apa pagi yang sangat baik, Miss Christine, apa yang Anda inginkan?

"Aku ingin bicara dengan narapidana, Claudio.

"Saya minta maaf tetapi saya memiliki perintah ketat bahwa dia tidak menerima kunjungan dari siapa pun. Ngomong-ngomong, orang tuanya ada di sini dan aku mengusir mereka. Dia ditahan tanpa pengunjung.

"Anda tahu betul bahwa penangkapannya adalah ilegal. Jika pemerintah kota mengetahuinya, Anda berada dalam masalah besar.

"Sungguh, satu-satunya otoritas yang kutahu adalah ayahmu, yang utama. Orang itu mengerikan, jika Anda memaafkan saya karena mengatakan demikian.

"Anda tidak mengerti saya. Saya ingin melihatnya sekarang atau apakah Anda akan menolak untuk menjawab permintaan dari putri mayor?

Delegasi Pompeu memikirkannya untuk sementara waktu dan memutuskan untuk tidak mengambil risiko. Dia memanggil salah satu bawahannya dan memerintahkan mereka untuk meninggalkan Claudio sendirian dengan Christine, di sebuah ruangan yang dipesan. Keduanya berpelukan dan mereka berciuman panjang lebar.

"Bagaimana kabarmu? Apakah mereka menyakitimu?

"Aku dipukuli. Berada jauh dari Anda adalah yang terbesar dari semua siksaan. Perawatan dan makanan tidak baik tapi aku masih hidup. Kau benar Christine; Orang tuamu sangat bias.

Christine melewati tangannya di punggung Claudio dan menyadari ada tanda-tanda penderitaannya terlihat. Sebuah menggigil mengalir melalui tubuhnya dan dia mulai menangis.

"Mengapa semua ini harus terjadi? Mengapa dua manusia tidak bisa memiliki hak untuk mencintai dengan bebas? Dan permintaan yang kami buat untuk gunung? Apakah itu akan menjadi kenyataan suatu hari nanti?

"Memiliki iman dalam cinta dan di gunung, Christine. Selama kita masih hidup, ada harapan, Namun kecilnya. Kami pergi ke gua keputusasaan, bahkan jika itu dalam imajinasi kami, dan kami mengalahkan rintangan dan perangkap. Gua ini mampu membuat keinginan terdalam menjadi kenyataan.

"Ya, itu benar. Sering, dalam imajinasi saya, saya telah pergi ke pesawat paralel di mana hanya kami berdua yang tinggal. Aku melihat diriku menikah dengan tujuh anakmu yang cantik.

"Begitulah caranya. Namun, Anda seharusnya tidak mengambil risiko begitu banyak dengan datang ke sini. Tempat ini menodai kecantikan Anda. Aku akan baik-baik saja, jangan khawatir. Jika Anda melihat salah satu dari orang tua saya, tolong beritahu mereka bahwa saya merindukan mereka.

"Aku mengambil kesempatan karena aku mencintaimu. Jangan pernah melupakannya. Aku akan berdoa kepada Santo Sebastian, prajurit pemberani, meminta kebebasanmu.

"Terima kasih. Aku juga sayang kamu.

Keduanya berpelukan, berciuman dan akhirnya mengucapkan selamat tinggal. Waktu sudah habis. Setelah meninggalkan ruangan, Christine berterima kasih kepada delegasi dan pergi. Gerusa ada di luar, menunggu. Christine memberinya beberapa instruksi lagi dan keduanya kembali ke rumah.

Pemukulan

Mayor Quintino berada dalam pertemuan bisnis di gedung Asosiasi Penduduk. Dia memberi isyarat, mengusulkan perjanjian dan mendengarkan keluhan dari anggota asosiasi. Pangkat mayornya memberinya hak untuk memiliki kata terakhir. Di tengah-tengah pertemuan, Delegasi Pompeu muncul meminta lima menit perhatiannya. Dia memaafkan dirinya sendiri dan pergi untuk berbicara dengannya di luar asosiasi.

"Apa yang begitu penting sehingga Anda harus mengganggu pertemuan? Tidak bisakah kau menunggu untuk berbicara denganku nanti? (Mayor)

Saya datang untuk memberi tahu Anda bahwa putri Anda muncul di kantor polisi menuntut untuk berbicara dengan narapidana Claudio.

"Apa? Anda tidak mengizinkannya, kan?

"Dia bersikeras begitu banyak, aku menyerah. Lagi pula, dia putrimu.

"Anda benar-benar tidak kompeten. Apakah saya tidak diberi perintah untuk tidak membiarkan siapa pun berkunjung? Satu-satunya alasan Anda tidak segera dihapus Anda adalah karena Anda sudah melayani komunitas secara relevan. Sampai hari ini, jangan biarkan dia menerima pengunjung lagi, bahkan jika itu adalah Paus sendiri. Putriku mengecewakanku sekali lagi. Saya pikir saya harus mengambil tindakan serius.

"Saya akan mematuhi, Pak. Terima kasih karena tidak memecatku.

"Anda diberhentikan. Aku sudah cukup mendengar.

Mayor mengucapkan selamat tinggal kepada delegasi dan kembali ke gedung asosiasi untuk memberi tahu mereka bahwa dia akan pergi. Beberapa orang mengeluh tetapi dia tidak peduli. Tertegun, dia menuju ke rumahnya di mana Christine menunggu, dengan polos. Ledakan pikiran mengisi pikiran bingung utama. Dia ingat pengkhianatan oleh Christine dan darahnya mendidih bahkan lebih. Siapa yang dia pikir dia hadapi? Dengan ayah yang komprehensif dan penuh kasih? Dia bahkan tidak menunggu reaksi mayor. Dia ingat reaksi Christine setelah mengetahui pernikahan yang diatur dan bagaimana dia salah paham. Semangat untuk keluarganya dan masa depan putrinya mengambil tempat pertama baginya. Dia akan memanjat rintangan untuk mencapai tujuannya. Bahkan jika itu berarti dia kehilangan cinta dan kasih sayang dari putri satu-satunya. Dia akan berterima kasih padanya, nanti, di masa depan. Beberapa saat setelah mayor tiba di rumah, buka pintu depan dan masuk. Orang pertama yang dia lihat adalah istrinya, Helena.

"Di tempat apa Christine?

"Dia ada di kamarnya, beristirahat.

"Hubungi dia segera. Aku ingin bicara dengannya.

Helena mengetuk pintu kamarnya dan memanggilnya. Beberapa saat kemudian dia muncul dan menghadapi mayor.

"Ini adalah Anda yang saya ingin berbicara dengan. Apa yang saya dengar tentang Anda berbicara dengan Claudio? Apakah Anda tidak mengerti bahwa/itu Anda berdua tidak memiliki masa depan?

"Hatiku menyuruhku untuk bertemu dengannya dan melihat bagaimana keadaannya. Anda dapat memaksa saya untuk menikahi pria lain tetapi tidak menghapus apa yang saya rasakan untuknya. Cinta kita adalah abadi.

"Anda akan membayar mahal karena telah melawan saya. Saya adalah otoritas pengambilan keputusan utama, tertinggi di wilayah ini, dan bahkan Anda, putri saya, tidak dapat bertentangan dengan keinginan saya. Dengarkan baik-baik: Mulai hari ini, saya melarang Anda untuk pergi tanpa izin saya dan saya akan melakukan sesuatu yang seharusnya saya lakukan sejak lama.

Mayor mengungkap sabuk kulit yang ada di celananya dan dengan gerakan cepat meraih Christine dengan salah satu lengannya yang kuat dan maskulin. Christine mencoba melarikan diri tetapi tidak bisa. Tanpa ampun, dia mulai memberikan pukulan serius padanya dengan ikat pinggang. Christine menjerit kesakitan dan ibunya, Helena mencoba menyelamatkannya. Mayor mengancamnya dan dia menjauh. Dia terus memukuli Christine untuk sementara waktu dan ketika dia menyadari bahwa itu sudah cukup, dia berhenti. Christine jatuh kelelahan dan terluka di tanah. Helena datang membantunya dan para pensiunan besar. Christine menangis, bukan karena rasa sakit, tetapi dari mengetahui bahwa ayahnya adalah yang tak berperasaan. Dia tidak menyesali apa pun yang dia lakukan atau cinta yang dia rasakan untuk Claudio. Dia bersedia menderita untuk sesuatu yang dia anggap suci.

Pemukulan dan ancaman mayor tidak mencegahnya bermimpi tentang cinta sejatinya. Lagi pula, apa artinya hidup jika dia kehilangan harapan untuk bahagia? Untuk cinta, dia akan berisiko kehilangan nyawanya jika perlu.

Helena membantu Christine mandi dan kemudian mengumpulkan dirinya di kamarnya. Dia tidak dalam kondisi untuk menerima siapa pun atau mengambil bagian dalam kegiatan apa pun.

Sepupu Gerusa

Mimoso telah menerima penduduk baru yang baru saja tiba di stasiun kereta api. Itu adalah Clemilda, sepupu Gerusa. Berasal dari Bahia, kelahirannya telah dikelilingi oleh misteri. Dia lahir pada saat yang tepat ketika ibunya berpartisipasi dalam penghormatan ritual okultisme. Sejak dia lahir, gadis itu menunjukkan kemampuan alami tertentu dalam berurusan dengan kekuatan-kekuatan ini. Takut hadiahnya, ibunya meninggalkannya tak lama setelah di pintu sebuah lembaga amal. Dia diselamatkan oleh karyawan dan dibesarkan sebagai putri mereka. Sejak diadopsi, kejadian misterius mulai terjadi di institusi yang sama. Kaca dan cermin sering pecah, kebakaran terjadi tanpa alasan yang jelas dan suara cakar bisa terdengar di atap dan di jendela. Dalam salah satu kebakaran itu, dia adalah satu-satunya anak yang melarikan diri. Lembaga itu ditutup dan dia telah menjadi yatim piatu lagi. Dia kemudian direnggut oleh seorang pria tunawisma dan mulai berlatih kejahatan kecil untuk bertahan hidup. Hadiahnya ditemukan dan dermawannya mulai menggunakannya untuk keuntungannya mengumpulkan kekayaan. Dia tumbuh curang, mencuri dan merusak hasil lotre. Tak lama setelah dermawannya meninggal dan dia bebas dari pengaruhnya. Dia sendirian di Salvador. Dia kemudian memutuskan untuk menulis surat kepada sepupunya Gerusa (yang mengunjunginya secara teratur dan merupakan satu-satunya keluarga yang pernah dia temui) menceritakan situasinya. Dia mengundangnya untuk tinggal di Mimoso, di mana dia bekerja sebagai pembantu di rumah kaya. Clemilda dengan mudah diterima.

Dia sekarang ada di sana, di stasiun, sepenuhnya yakin dan yakin akan keputusannya. Dia akan menempatkan rencananya ke dalam tindakan segera setelah dia memiliki kontrol penuh atas kekuatan okultisme. Mimoso akan menjadi tempat yang ideal untuk kerajaan ketidakadilannya. Setelah menaklukkan Mimoso, dia bermaksud untuk mengambil alih dunia. Namun, agar ini terjadi, dia harus tidak seimbang dengan "kekuatan lawan" dan menggunakannya untuk keuntungannya. Langkah-langkah untuk mencapai hal ini adalah menyebarkan kutukan, mendistorsi cinta sejati dan menyebabkan tragedi. Dengan segala sesuatu yang lengkap, dia bisa menahan agama yang benar dan mengendalikan segalanya.

Dia memeriksa alamat yang terkandung dalam suratnya dan bertanya kepada seseorang di dekatnya bagaimana cara sampai di sana. Dia diarahkan oleh orang tersebut dan mulai berjalan. Pikirannya penuh energi negatif dan dia hanya berpikir tentang menghancurkan, mempermalukan dan menyesatkan. Dalam kopernya, dia membawa idola yang berfungsi sebagai perantara antara dia dan Dewa Kegelapan. Dia ingat kontak pertamanya dengan dunia bawah dan bagaimana dia merasa bahagia dan kuat untuk mencapai prestasi seperti itu. Setelah itu, dia memiliki banyak kontak. Pesan terakhir yang dia terima telah mengklarifikasi fakta-fakta tertentu yang tidak Selamat bersenang-senangnya. Sekarang dia siap untuk mengambil tindakan dan memulai kerajaan ketidakadilannya.

Dia terus berjalan dan segera melihat rumah pedesaan yang indah. Dia merasakan campuran penderitaan dan penderitaan di dalam rumah. Dia tertawa saat dia menikmati situasi ini. Dia berjalan sedikit lebih cepat dan segera datang ke rumah. Dia bertepuk tangan dan berteriak untuk diperhatikan. Beberapa saat berlalu dan Gerusa datang untuk menjawab pintu.

“Sepupuku, Clemilda. Betapa bagusnya melihatmu di sini.

“Aku tiba beberapa saat yang lalu. Anda punya tempat untuk saya?

“Belum. Rumah utama dan Anda dapat berbicara dengannya secara pribadi. Silakan, masuk.

Clemilda segera menerima undangan itu. Dia memasuki rumah (ditemani oleh Gerusa) dan pergi untuk berbicara dengan jurusan. Dia menemukannya di ruang tamu.

“Mayor, ini sepupu saya, Clemilda, yang berasal dari Bahia. Dia datang untuk berbicara dengan rahmat-Mu.

“Senang bertemu denganmu. Nama saya Quintino dan seperti yang mungkin sudah Anda bertemu, saya adalah otoritas politik terbesar di wilayah ini. Apa maumu?

“Sepupu saya Gerusa mengundang saya untuk datang dan tinggal di sini di Mimoso karena saya sendirian di Salvador. Saya bertanya-tanya apakah Anda, Pak, bisa mendapatkan saya pekerjaan yang baik dan juga tempat tinggal.

“ Salah satu rumahku tidak dihuni dan melihat bagaimana kau adalah sepupu Gerusa, dan dia sudah bersama kami bertahun-tahun, aku bisa memberikannya padamu. Tentang pekerjaan itu, tidak ada yang terlintas dalam pikiran sekarang tetapi ketika saya melihat kesempatan yang baik, saya akan memberi tahu Anda. Apakah itu saja? Gerusa akan memberimu kunci rumah. Bahkan, itu adalah rumah besar raksasa. Saya pikir Anda mungkin menyukainya.

“ Hanya itu. Terima kasih.

Senang mendapat akomodasi, penyihir itu pergi ke rumah barunya. Keesokan harinya akan menjadi awal dari rencana kejamnya.

"Berkat"

Satu hari setelah kedatangan Clemilda, penduduk rumah pedesaan yang indah sedang sarapan. Christine menghindari berbicara dengan ayahnya karena dia masih kesal dengan pemukulan yang dia ambil. Helena dan pembicaraan utama dengan bebas.

“Maksudmu Anak itu tidak ingin datang bertemu putri kami? Saya menemukan ini absurd. (Helena)

“Ayahnya lebih suka seperti itu. Hal ini untuk mempertahankan udara tertentu misteri. Sangat disayangkan bahwa putri kami tidak menikmati gagasan untuk menikah. Saya akan memberikan apa saja untuk meyakinkannya bahwa itu adalah yang terbaik. (Mayor)

“Lupakan saja. Jangan meminta yang mustahil.

Gerusa sengaja mendengar dan memutuskan untuk campur tangan.

“Aku kenal seseorang yang bisa membantu. Sepupu saya Clemilda berpengalaman dalam hubungan.

“Saya pikir itu ide yang bagus. Gerusa, menemani putriku ke rumah Clemilda. Jika Anda berhasil, saya akan membalas Anda. (Mayor)

“ Saya tidak akan pergi. (Christine)

“Anda tidak perlu mau. Jangan membuatku mencambukmu lagi. (Mayor)

Sebuah merasa ngeri berjalan melalui tubuh Christine mengingat hukuman. Dia tidak mau mengalami perasaan itu lagi. Dia setuju meskipun itu bukan kemauannya sendiri. Dia bangkit dari meja dan menemani Gerusa. Keduanya meninggalkan rumah dan sudah bisa melihat kediaman Clemilda, yang terletak tepat di seberang jalan. Dingin dirasakan oleh Christine sebagai peringatan bahwa dia tidak harus pergi. Namun, ketakutan ayahnya lebih besar dan dia memutuskan untuk tetap diam. Beberapa kaki yang mengarah ke kediaman ditutupi. Gerusa mengetuk pintu untuk bertemu. Dalam beberapa saat Clemilda muncul.

“Aku sedang menunggumu. Masuk. Anda Christine, bukan?

“Bagaimana kau mengenalku, Bu?

“Semua orang berkomentar tentang Anda. Mereka berbicara tentang kecantikan Anda dan cara-cara baik Anda. Aku hanya berasumsi ketika kau tiba. Nah, masuk.

Gerusa dan Christine masuk dan lingkungan penuh dengan getaran negatif. Benda-benda yang sebelumnya membentuk adegan horor sudah dihapus oleh Clemilda.

"Saya membawa Christine ke sini untuk Anda untuk menyarankan dia untuk menerima pernikahan yang utama telah diatur. Dia menolak ide ini.

" kurasa aku bisa bicara dengannya. Gerusa, bisakah kau tinggalkan kami sebentar? Ngomong-ngomong, ada tumpukan hal-hal yang harus dicuci di dapur.

"Anda tidak pernah berubah. Selalu mencoba untuk mengeksploitasi saya.

Gerusa patuh dan pergi ke dapur. Clemilda mendekati Christine dan mulai berputar di sekelilingnya.

"Aku melihat seorang pria di jalanmu. Namanya Claudio, bukan? Dia adalah seorang pemuda, berotot dan cantik. Anda bertemu di tempat kerja dan benih cinta disimpan di hati Anda. Namun, pikirkan dengan saya, mengapa dia tidak tertarik pada Anda? Anda masih muda, cantik, cerdas dan di atas segalanya, putri dari jurusan yang kuat. Mungkinkah cinta yang Anda rasakan tidak dibalas? Saya jamin bahwa dia akan memiliki alasannya: kebanggaan, ambisi, dan kekuatan. Itulah yang dicari orang. Cinta yang Anda tarik di dalam hati Anda hanyalah ilusi.

"Anda tidak akan meyakinkan saya dengan mudah. Saya tahu Claudio dan apa yang kami rasakan itu nyata. Saya tidak perlu membaca pikirannya untuk memastikan perasaannya. Ilusi adalah pernikahan yang mereka dapatkan padaku.

"Sudahkah Anda berpikir bahwa itu hanya bisa menjadi rencananya? Tidakkah kamu pikir itu aneh persahabatan tiba-tiba yang kau mulai? Orang-orang benar-benar dapat diprediksi. Apa yang mereka inginkan adalah berakhir di atas, terlepas dari perasaan orang lain.

"Mulut beracunmu tidak akan membingungkanku. Saya seharusnya tidak datang ke sini karena saya tidak merasa baik.

"Tunggu, sayang. Biarkan aku memberkatimu sehingga kamu akan bahagia dalam pernikahanmu.

Sebelum Christine bisa menjawab, Clemilda meletakkan tangannya di kepalanya. Dia mengucapkan kata-kata yang tidak dapat dimengerti dan Christine mulai pusing. Angin puyuh energi melompat keluar dari tangannya dan ke kepala Christine. Operasi berlangsung sedikit lebih dari tiga puluh detik. Kemudian, Christine melepaskan tangannya dan memanggil Gerusa. Dia menjawab; Keduanya meninggalkan kediaman dan kembali ke rumah. Berkat itu telah mengubah Christine menjadi mutan.

Fenomena

Setelah pertemuan yang menarik dengan Clemilda penyihir, Christine mulai merasa benar-benar berbeda dari sebelumnya. Kegiatan yang biasa dia lakukan dan yang memberinya kesenangan seperti merajut, membaca dan pergi bekerja telah menjadi membosankan. Apa yang tetap utuh dan merupakan satu-satunya hal untuk melakukannya, adalah perasaan yang dia miliki untuk Claudio. Selain itu, fenomena aneh mulai terjadi di sekitarnya. Rajutan yang dia pelajari sebagai seorang anak tiba-tiba tidak akan membentuk apa pun. Garis-garis itu tampaknya tidak lagi masuk akal. Saat membaca buku, halaman yang dia baca dikejutkan oleh sinar api dan terbakar. Dia merasakan matanya terbakar pada saat itu. Melewati benda-benda logam, dia akan menarik mereka. Setiap penemuan, dia menjadi cemas dan bertanya-tanya apa artinya semua itu. Apakah itu kutukan? Apa yang telah menjadi dia? Tidak ada yang tahu atau sebaliknya dia akan berisiko dirawat di rumah sakit dan dokter dari seluruh dunia akan bereksperimen dengannya.

Untuk menghindari mereka mencari tahu, dia berhenti pergi keluar dengan teman-temannya dan hanya berpartisipasi dalam kegiatan sosial yang sangat diperlukan seperti pekerjaan, misalnya. Setiap saat, dia berusaha mengendalikan dirinya sendiri karena fenomena itu hanya terjadi ketika dia secara emosional tidak stabil. Untuk menyingkirkan kutukan, dia menggunakan berbagai metode tetapi tidak ada apa-apa dari mereka terbukti efektif. Pahit dan marah, Christine semakin mengisolasi dirinya di dunianya sendiri.

Teman Baru

Rutinitas kerja, setiap lima belas hari, praktis satu-satunya kegiatan sosial yang Christine ambil bagian. Melalui itu ia bertemu banyak orang dan berteman. Di antara mereka adalah seorang gadis muda, kurang lebih usia yang sama dengan Christine, bernama Rosa. Kecerdikan itu saling menguntungkan dan setiap kali mereka melihat satu sama lain mereka menghabiskan waktu yang baik berbicara. Pada satu kesempatan seperti itu, Christine memintanya untuk datang ke rumahnya dan dia dengan mudah menerimanya. Pada hari itu dan pada saat mereka memutuskan, Rosa tiba, datang ke taman rumah, bertepuk tangan untuk mengumumkan dirinya sendiri. Gerusa, pelayan rumah, menjawab pintu.

"Bagaimana saya bisa membantu Anda?

"Aku Datang untuk berbicara dengan Christine.

"Hanya sesaat aku akan memanggilnya.

Beberapa saat setelah itu, Christine muncul dan mengundangnya untuk pergi bersamanya di teras rumah karena itu adalah tempat yang paling berventilasi dan santai.

"Christine, aku ingin mengenalmu lebih baik. Anda mengatakan kepada saya sebelumnya bahwa Anda akan menjadi seorang biarawati. Bagaimana kehidupan di biara?

"Saya menghabiskan tiga tahun berharga dalam hidup saya di sana. Para biarawati baik padaku meskipun mereka cukup ketat. Waktu yang didedikasikan untuk berdoa cukup luas dan terkadang membuat saya bosan. Saya berpendapat bahwa jika seorang manusia ingin berhubungan dengan Tuhan, tidak perlu menjadi begitu tanpa pamrih dan berbakti karena Tuhan mahatahu dan memahami semua yang kita inginkan. Seiring waktu, mereka menyadari bahwa saya tidak memiliki panggilan dan mereka menendang saya keluar.

"Jadi Anda meninggalkan biara dan kembali ke dunia. Anda tidak menyesali keputusan ini?

"Itu semua tergantung pada bagaimana Anda melihatnya. Segera, tidak. Namun, sekarang ayah saya memaksa saya untuk menikah, saya pikir akan lebih baik jika saya berada di sana. Meskipun itu hanya akan saya bersembunyi dari dunia yang tidak adil kita tinggal di mana orang tua memutuskan masa depan anak-anak mereka.

"Pernahkah kau jatuh cinta?

"Ketika saya berada di biara, saya bertemu dengan seorang putra tukang kebun yang memikat saya. Saya pikir itu adalah cinta pada saat itu tetapi segera setelah ditinggalkan saya menyadari bahwa itu hanya gairah. Cinta sejati yang akhirnya saya temukan dengan Claudio, rekan kerja saya. Namun, oposisi orang tua saya membuat hubungan kami tidak mungkin. Satu-satunya harapan saya adalah permintaan yang saya buat di gunung yang semua orang klaim suci. Ceritakan sedikit tentang dirimu. Apakah Anda pernah mencintai seseorang?

"Seperti yang saya katakan, saya punya pacar bernama Felipe, putra pemilik gudang. Kami berdua saling mencintai dan mungkin suatu hari kami bisa menikah. Orang tua kami benar-benar mendukung kami.

"aku iri padamu. Kau tidak tahu seberapa besar kesalahpahaman orang tuaku menyakitiku. Saya berharap saya hanya seorang gadis biasa dan bukan putri dari yang maha kuasa.

Air mata mengalir di wajah Christine dan temannya mencoba menghiburnya. Beban yang dia bawa di punggungnya terlalu berat untuk kepolosan mereka. Dia ingin bahagia dan melihat kesempatan untuk begitu menyelinap melalui jari-jarinya. Hanya dua hari tersisa baginya untuk menyerahkan dirinya ke pernikahan tanpa masa depan dan kepada orang asing yang hanya dia kenal dengan nama. Melihat bahwa temannya tidak lagi ingin berbicara, Rosa mengucapkan selamat tinggal dan berjanji untuk kembali di lain waktu. Persahabatan mereka penting bagi Christine karena dia tidak merasa begitu terisolasi dan benar-benar ditinggalkan.

Sehari Sebelum Pernikahan

Kedekatan pernikahan menyebabkan Christine menjadi semakin gelisah. Dia telah berbicara dengan pendeta, berbicara dengan seorang teman dan telah melakukan satu upaya terakhir untuk meyakinkan orang tuanya untuk melepaskan gagasan menikahinya. Sejauh ini, dia belum mendapatkan hasil apa pun. Imam menyarankan agar dia mengundurkan diri dan menerima situasinya. Bagaimana dia bisa melakukan itu? Itu adalah hidup dan kebahagiaannya yang dipertaruhkan. Dia belajar, di biara, bahwa semua manusia bebas untuk membuat keputusan sendiri dan memimpin nasib mereka sendiri. Hak-haknya ditekan oleh masyarakat di mana anak-anak menikah oleh orang tua mereka. Dengan temannya, dia membahas masa depannya dan Claudio. Tidak ada yang menemukan alternatif nyata dan teraba yang dapat menyebabkan keduanya bersama selain harapan gunung suci dan permintaan yang dibuat Christine untuk itu. Itu adalah satu-satunya hal yang tersisa baginya untuk dilakukan; Tunggu keajaiban atau yang tidak mungkin terjadi.

Christine pergi ke teras dan mulai menonton langit. Dia ingat saat-saat yang dihabiskan di gunung dan bintang-bintang yang dia dan Claudio amati bersama. Mereka adalah saksi perasaan yang menyatukan keduanya dan bahkan jika konvensi besar dan sosialnya tidak akan pernah mengizinkannya, keduanya akan terus saling mencintai. Melihat langit, dia berharap dunia berikutnya akan menjadi tempat yang lebih adil dan lebih baik dan bahwa mereka yang benar-benar tahu cinta sejati dapat mencapai kebahagiaan. Dia ingat Tuhan dan bagaimana dia belajar betapa indahnya dia. Dia meminta Tuhan untuk mengabulkan keinginan para pemimpi yang paling sederhana tanpa harus memasuki gua atau sesuatu yang serupa. Dia juga meminta kekuatan untuk mendukung donasi Anda sampai akhir. Dia merasa seperti mutan dan kecewa pada cinta. Dia menangis air mata terakhir yang dia tinggalkan untuk menangis dan pulang ke rumah.

Tragedi

Itu akhirnya siang hari dan ini berarti bahwa/itu hari yang mengerikan telah tiba. Christine bangun tetapi mencoba berpura-pura tertidur agar tidak menghadapi kenyataan. Siapa yang tahu, mereka mungkin melupakannya dan mungkin semua yang dia derita dalam beberapa hari terakhir hanya mimpi buruk sederhana? Dia ingin membuka matanya dan menemukan Claudio, cinta sejatinya. Dia ingin menikahinya, bukan orang asing, putra Kolonel Rio Branco ini. Untuk sesaat, dia merasa seolah-olah berada di Sucavão dan mengingat setiap detail dari apa yang terjadi di sana. Dia tampaknya berada di sana merasakan kekuatan air, pelukan jantan Claudio dan mencium aromanya. Dia menggali jauh ke dalam pemikiran ini sampai suara mengganggunya dan membawanya kembali ke kenyataan. Itu ibunya.

"Christine, putriku, bangun, para tamu pernikahan sudah tiba. Apakah Anda lupa bahwa itu akan diadakan pada pukul 8:00 pagi?

"Oh, Ibu, bersabarlah. Aku hampir tidak tidur sepanjang malam memikirkan pernikahan ini.

Christine naik cukup murung dan pergi ke kamar mandi untuk mandi. Ibunya sedang menunggu di kamarnya. Sekitar dua puluh menit kemudian dia kembali dan menemukan gaunnya yang indah tersebar di tempat tidur. Dia mengamatinya dan berpikir itu cantik, meskipun melankolis. Ibunya membantunya berpakaian dan memakai dandan. Dengan segala sesuatu yang siap, dia mendekati cermin untuk melihat bagaimana penampilannya. Dia melihat versi patah hati dari dirinya sendiri, meskipun dia dibuat dengan indah. Dia berpikir tentang gagasan tentang apa yang akan terjadi dan tentang masa depannya di sisi seorang pria yang tidak dikenal. Tiba-tiba, cermin retak dan pecah, dengan jepretan yang bagus. Christine berteriak dan ibunya bergegas untuk menyelamatkan. Untungnya, dia tidak terluka. Dia merasakan sakit di dadanya dan bertanya-tanya apa yang akan terjadi. Dia ingat mimpinya yang berulang. Ibunya menenangkannya dan mengatakan itu bukan apa-apa. Keduanya pergi ke ruang tamu untuk bertemu keluarga pengantin pria dan menerima beberapa tamu. Mayor mengambil tangan Christine dan mulai memperkenalkannya.

"Henrique, ini putriku Christine. Bukankah dia cantik?

"Ya, dia sangat cantik. Anakku adalah orang yang beruntung. Hari ini akan menyelesaikan persatuan keluarga kami dan ini membuat saya sangat bahagia.

Christine memaksa tertawa agar tidak menyenangkan. Ibu dari pengantin pria juga mencoba untuk bersikap baik.

Setelah Anda menikah jika Anda diperlukan bantuan, jangan ragu untuk bertanya kepada saya. Para wanita dari keluarga kami sangat dekat.

Karina, adik dari pengantin pria, melangkah maju juga dan memuji rambut Christine. Mayor dan Helena menyambut tamu mereka yang masih berdatangan. Ketika jam menyerang tepat pukul 8:00 pagi semua orang pergi ke teras tempat pernikahan akan berlangsung. Christine berjalan, oleh mayor, ke altar darurat. Dalam perjalanan ke altar, dia memiliki kesempatan untuk melihat, sekilas, wajah dengan ekspresi cemas. Dia melihat Ibu Superior dan para biarawati yang telah tinggal bersamanya di biara. Dia juga melihat profesor pertamanya dan sepupunya yang berasal dari Recife. Secara keseluruhan, dia bisa merasakan antisipasi dan kegembiraan saat ini. Bergerak maju sedikit lebih, dia sudah bisa melihat pengantin pria dan Pastor Chiavaretto. Tiba-tiba, kemarahan di dalam dirinya mengambil alih dia dan membuatnya membenci mereka berdua. Mengapa pria bernama Bernard itu setuju untuk menikahinya? Bagaimanapun, dia adalah seorang pria dan memiliki lebih banyak kebebasan bertindak. Dia akan menyerahkan dirinya ke pernikahan tanpa masa depan dan tidak akan bahagia selama sisa hidupnya. Bagaimana dengan Bapa? Bagaimana dia bisa terkunci untuk berpartisipasi dalam lelucon itu? Gereja seharusnya berdiri di sampingnya dan menjadi kaki tangannya daripada menerima situasinya.

Dia semakin dekat dengan pengantin pria dan kemarahannya tidak berkurang. Setelah melihatnya, sinar petir datang langsung dari matanya dan memukulnya tepat di dada. Dia jatuh, mati. Keributan di antara penonton membangkitkan dan Christine jatuh di kakinya.

"Dia raksasa! (Beberapa berteriak)

Mayor bertindak cepat dan mengirim antek-anteknya untuk membantu Christine bangkit dan melindunginya dari kerumunan yang marah. Sementara itu, para biarawati menyilangkan diri mereka sendiri, tidak percaya apa yang baru saja mereka lihat. Keluarga pengantin pria mencoba menekan delegasi untuk mengambil tindakan tetapi mayor menolak tindakannya. Pada akhirnya, Christine diselamatkan dan yang utama mengirim para tamu pergi. Pesta dan semua perayaan dibatalkan. Pernikahan yang diatur telah mengakibatkan tragedi.

Awan Hitam

Dengan tragedi selesai, Clemilda mulai melemparkan mantra yang akan mencapai seluruh wilayah Mimoso. Dia memiliki wewenang untuk melakukan ini karena dia telah memenuhi tiga langkah: Dia telah menetapkan kutukan, telah mendistorsi cinta sejati dan menyebabkan tragedi. Sekarang, pelayanan orang-orang suci siap untuk bertindak, mencekik kekristenan. Dia mendekati kuali dan menempatkan bahan-bahan terakhir di dalamnya untuk mantranya. Mengucapkan kata-kata yang tidak dapat dimengerti, dia menari di sekitarnya. Tiba-tiba, dia berhenti dan berkata dengan suara yang dalam dan kuat: -Awan gelap, muncul!

Segera, awan besar, hitam, tebal menutupi langit Mimoso. Matahari juga tertutup dan dengan itu cahaya alami langit menurun secara signifikan. Kutukan itu diprogram untuk berlaku setiap hari setelah pukul 12:00 malam. Dengan ini, penyihir akan memiliki kekuatannya dua kali lipat dan bisa bertindak lebih bebas.

Para Martir

Tak lama setelah penyebaran awan hitam, penyihir mulai bertindak. Dia menyewa dua orang, Totonho dan Cleide untuk membantunya dalam karya okultismenya. Selain itu, dia menginstruksikan keduanya untuk menyingkirkan perwakilan agama Kristen di tempat itu. Korban pertama adalah Pastor Chiavaretto dan Biarawati Nunes, yang mengunjungi Mimoso. Selain itu, beberapa orang percaya dipenggal dan yang lain memasang taruhan untuk dibakar dalam api unggun. Setelah pembunuhan, mereka mulai menghancurkan kapel kecil yang telah didirikan untuk menghormati St Sebastian. Hampir tidak ada yang tersisa kecuali salib yang berdiri utuh meskipun ada upaya untuk menghancurkannya. Itu adalah simbol bahwa kekristenan masih hidup dan bisa bereaksi.

Dengan dominasi selesai, lingkaran "kekuatan lawan" dibubarkan dan melahirkan ketidakseimbangan. Jika situasinya tetap seperti ini untuk waktu yang lama, Mimoso akan berisiko menghilang. Itu karena kekuatan kebaikan tidak akan tetap ditawan sebelum penistaan ini. Pada akhirnya, ini akan menghasilkan perang tak terduga yang bisa menghancurkan kedua dunia.

Akhir dari Visi

Urutan gambar dari visi yang mengisi pikiran saya tiba-tiba berhenti. Kesadaran secara bertahap kembali dan saya menemukan diri saya memegang halaman surat kabar dengan judul: Christine, Raksasa Muda. Saya mengamatinya dan berpikir judulnya sangat tidak memadai karena tragedi yang terjadi sama sekali bukan salahnya. Dia hanyalah korban lain dari penyihir kejam dan kuat Clemilda. Tiba-tiba, saya mulai mengerti mengapa perjalanan waktu saya dan kemenangan saya atas gua muncul. Saya adalah bagian dari plot oleh takdir untuk mencoba mengambil Mimoso yang diberkati dari pelukan tragedi. Misi saya adalah untuk menyatukan kembali "kekuatan lawan" dan membantu pemilik jeritan yang terdengar di gua. Saya benar-benar yakin bahwa pemilik suara itu adalah Nona Christine yang cantik. Christine yang bermutasi dan benar-benar pahit menungguku. Aku harus meyakinkannya untuk bereaksi dan menjadikannya sekutuku dalam perang melawan kekuatan jahat. Pada akhirnya, saya harus mengingat ajaran wali dan gua keputusasaan yang ditakuti, gua yang telah mewujudkan impian saya dan menjadikan saya Peramal. Saya sekarang memiliki tantangan baru dan bersedia untuk memenuhinya.

Dengan koran di tangan, saya membaca seluruh cerita tentang Christine. Mereka mengklaim bahwa/itu dia adalah raksasa sejak kecil dan baru saat itulah ditemukan. Campuran kemarahan dan kemarahan mengisi seluruh keberadaan saya. Bagaimana para jurnalis itu memiliki keberanian untuk mempublikasikannya? Mereka telah mengambil keuntungan dari tragedi untuk berbohong. Christine tidak pernah, juga tidak bisa menjadi raksasa. Dia baru saja dikutuk oleh penyihir jahat dan sesat. Terserah orang-orang baik untuk membantunya dan menyembuhkannya. Saya terus membaca koran dan mereka mengklaim bahwa Christine adalah seorang pemberontak muda yang meninggalkan biara karena perilaku buruk. Aku memberontak lagi. Saya merasa seperti merobek seluruh koran. Wartawan terkutuk, mereka mendistorsi segalanya untuk menghasilkan uang. Christine adalah seorang gadis muda yang tunduk dan telah mengikuti saran dari ibunya untuk mengurung dirinya di sebuah biara. Ketika para suster menyadari bahwa dia tidak memiliki panggilan, mereka menendangnya keluar. Saya berhenti membaca berita karena itu tidak benar. Visi itu sudah cukup bagi saya untuk saya tahu di mana saya berdiri. Saya mengambil koran dan mengembalikannya ke laci kabinet, di sebelah meja, dari tempat saya mendapatkannya. Saya bangun dan mulai menyusun rencana tindakan dalam pikiran saya. Entah bagaimana saya harus menyatukan kembali "kekuatan lawan" dan membantu Christine menemukan kebahagiaan sejati. Aku mendekati pintu dan aku baru saja akan membukanya.

Kesaksian

Ketika dibuka, saya terkejut melihat pertemuan orang-orang di serambi kecil hotel. Apa arti dari semua itu? Aku mendekat sehingga aku bisa bertanya.

"Apa yang terjadi di sini?

Pompeu, delegasi, berbicara.

"Kami di sini karena tuduhan serius dibuat terhadap Anda. Kau harus ikut dengan kami.

Delegasi memberi sinyal ke bawahannya dan mereka membawa borgol. Mereka meletakkannya di pergelangan tangan saya dan saya merasa dirugikan, seperti budak di masa lalu. Carmen mencoba untuk campur tangan tetapi delegasi tidak mendengarkan.

"Apakah ini benar-benar diperlukan? Saya memiliki hati nurani yang jelas.

"Kita akan melihat tentang itu di stasiun. (Mayor)

Mematuhi perintahnya, saya mulai berjalan dan kereta juga pergi. Setelah meninggalkan hotel, saya menyadari bahwa ada lebih banyak orang yang hadir, tertarik dengan apa yang sedang terjadi. Apa yang mereka inginkan denganku? Apakah saya melakukan kejahatan? Sejak saya tiba di Mimoso, saya telah berusaha sangat keras untuk tidak menarik perhatian pada diri saya sendiri. Namun, sekarang saya diborgol dan dibawa ke kantor polisi. Saya mulai khawatir tentang apa sebenarnya yang harus dikatakan kepada mereka. Saya tidak bisa mengatakan seluruh kebenaran dan membahayakan misi. Saya harus membela diri dari tuduhan dengan akal sehat dan kecerdasan yang baik. Saya mulai memikirkan Claudio dan cara dia dijebloskan ke penjara. Saya akan memikirkan cara untuk menghindari hal yang sama terjadi pada saya.

Sekitar sepuluh menit setelah meninggalkan hotel, kami akhirnya tiba di kantor polisi yang mengesankan. Mayor Quintino dan Delegasi Pompeu ikut denganku. Yang lain berada di luar menunggu keputusan. Setelah memasuki kantor pribadi delegasi, mereka melepaskan borgol saya dan dengan itu saya lebih lega.

"Nah, duduk, Tn. Peramal. Sekarang saya adalah orang yang akan mengajukan pertanyaan. Pertama, dari siapa nama asli Anda dan dari mana Anda berasal? (Delegasi)

" Saya Aldivan dan saya dari Recife.

"Apa Yang Anda lakukan di sekitar sini jika Anda berasal dari Recife?

"Apa profesi Anda?

"Saya seorang reporter untuk " Koran Ibukota " dan saya datang mencari cerita yang bagus. Saya jamin, niat saya adalah yang terbaik. Saya bukan penjahat dan saya tidak ingin menyakiti siapa pun.

"Apa yang harus Anda katakan tentang interogasi tanpa henti yang telah Anda kirimkan kepada orang-orang di tempat ini? Apa sebenarnya maksudmu dengan melakukan ini?

"Ini adalah bagian dari pekerjaan saya, strategi untuk mengumpulkan informasi. Namun, jika ini menjadi canggung bagi siapa pun, aku akan berhenti.

"Seperti yang Anda bertemu, Ratu Clemilda telah membuat keputusan terhadap orang Anda. Apa yang Anda katakan untuk itu? Secara kebetulan, apakah Anda musuhnya?

"Saya pikir saya lebih baik tidak menjawab pertanyaan itu.

" Aku tidak punya pertanyaan lebih lanjut. Mayor, apakah Anda memiliki pertanyaan lagi yang ingin Anda tanyakan kepada orang ini?

"Ya. Saya ingin tahu apakah dia bekerja untuk lawan pemerintah.

"Tidak, tidak sama sekali. Saya tidak ingin melibatkan diri dalam masalah politik meskipun saya pikir sistem saat ini cukup tidak adil.

"Nah, Aldivan, saya pikir saya akan membiarkan Anda tinggal di penjara selama beberapa hari untuk memeriksa apakah semua yang telah dikatakan di sini adalah benar.

"Aku tidak akan tinggal di sini. Ini tidak adil. Jika Anda membuat keputusan aneh ini, saya akan mencela Anda kepada gubernur yang merupakan teman dekat saya.

Mayor dan delegasi kagum dengan reaksi saya dan oleh berita yang baru saja saya berikan. Mereka berkumpul untuk berkomunikasi dalam keheningan dan memutuskan untuk tidak mengambil risiko. Pada akhirnya, saya dibebaskan meskipun ada protes dari beberapa orang di luar kantor polisi. Rencanaku berhasil.

Kembali ke Hotel

Ketika saya meninggalkan stasiun, saya mulai bertanya-tanya mengapa orang-orang Mimoso bereaksi begitu pasif. Mereka hidup di bawah tirani penyihir kejam dan mayor. Saya pikir mungkin itu takut yang menghentikan pembalasan dari mereka. Tiba-tiba, saya mulai mengingat tiga pintu yang harus saya pilih untuk maju ke dalam gua. Mereka mewakili rasa takut, kegagalan dan kebahagiaan. Di sana, saya belajar mengendalikan ketakutan saya dan menghadapinya terlepas dari semua faktor di gua yang menyamakan perjalanan saya seperti kegelapan, yang tak terduga dan semua jebakan. Saya belajar juga untuk menghadapi kegagalan bukan sebagai akhir tetapi sebagai dimulainya kembali rencana baru. Saya akhirnya memilih pintu kebahagiaan dan itulah yang orang tidak sering memilih. Banyak budak dalam kehidupan sehari-hari mereka, egoisme, moralitas, rasa malu dan kemampuan mereka sendiri untuk bermimpi. Mereka adalah orang-orang yang gagal dan takut. Mereka bahkan tidak mengambil risiko memasuki gua untuk mencapai keinginan mereka. Mereka menjadi orang yang tidak bahagia tanpa cinta diri.

Aku melihat ke sisiku. Saya melihat orang-orang yang bahkan belum mengenal saya yang sangat marah dengan pembebasan saya dari kantor polisi. Di lubuk hati mereka, mereka telah menghakimi dan menghukum saya. Seberapa sering kita melakukan itu? Seberapa sering kita berpikir kita memiliki kebenaran dan bahwa kita memiliki kekuatan untuk mengutuk? Ingatlah apa yang Yesus katakan: Lepaskan terlebih dahulu sinar dari matamu sendiri sebelum mengarahkannya ke saudaramu. Dia mengatakan itu karena kita semua memiliki kekurangan dan ini membuat penilaian kita parsial dan tidak jelas. Hanya mereka yang mengenal hati manusia dan yang bebas dari segala dosa yang memiliki kemampuan untuk melihat semuanya dengan jelas. Saya mencari terakhir kali pada orang-orang ini dan saya merasa kasihan pada mereka karena mereka lebih suka rasa keadilan mereka yang serakah daripada merenungkan kehidupan mereka sendiri. Saya meninggalkan mereka dan melanjutkan perjalanan kembali ke hotel. Saya mulai mengatur secara mental setiap langkah yang akan saya buat untuk menyatukan kembali "kekuatan lawan" dan membantu Nona Christine. Dia telah menjadi pemilik jeritan yang saya dengar di gua keputusasaan dan itu membuat saya melakukan perjalanan melalui waktu. Perjalanan ini adalah bagian dari proses perbaikan spiritual dan manusia bagi saya dan pada saat yang sama memiliki tujuan untuk memperbaiki ketidakadilan. Saya terus berjalan dan setelah sekitar lima menit saya sampai di hotel. Renato dan Carmen sedang menunggu di gerbang. Mereka adalah teman-temanku dalam pertarungan ini. Hari berikutnya akan menjadi waktu yang paling tepat untuk memulai rencana saya.

Ide

Sinar matahari pertama membelai wajahku dan kekuatan cahaya alami baru saja membangunkanku. Saya tetap tidak bergerak untuk sementara waktu karena saya tidak memiliki malam yang baik. Saya masih mengingat mimpi buruk yang saya alami tadi malam yang membuat saya bangun. Dalam mimpi itu, saya bersama beberapa orang muda berbicara tentang buku saya. Saya berbicara tentang harapan saya dan harapan untuk mendapatkan penerbit komersial untuk itu. Seiring datang setan kecil mengganggu dan menakut-nakuti semua orang. Orang-orang melarikan diri dan iblis, yang tidak menunjukkan wajahnya, berseru: "Jadi Anda sudah tahu semuanya!

Pada saat itu, mimpi buruk berakhir dan saya bangun di tengah malam, berkeringat deras. Apa artinya ini? Apakah ada hubungannya dengan sejarah Mimoso? Aku tidak yakin. Apa yang saya tahu adalah bahwa saya ingin memiliki tempat yang layak di alam semesta dan jika takdir dan panggilan saya dalam sastra, saya akan mengikutinya dengan penuh semangat. Lagi pula, mengapa saya memasuki gua jika saya tidak menjadi Peramal, seseorang yang mampu melampaui waktu, memprediksi masa depan dan memahami hati yang paling bingung dan tertekan? Dengan pemikiran itu, aku berbalik ke tempat tidur dan berdiri. Aku mengamati Renato yang masih tertidur dan bertanya-tanya mengapa wali bersikeras begitu banyak tentang aku membawanya bersamaku. Sampai sekarang dia hampir tidak berkontribusi. Apa yang bisa dilakukan seorang anak untuk saya? Aku tidak tahu. Saya mengalihkan perhatian saya darinya dan saya menuju ke kamar mandi untuk mandi dengan cepat. Mandi akan membuat saya lebih mudah diakses. Saya masuk, menyalakan air, dan mulai merasakan manfaatnya. Saya memikirkan keluarga saya dan saya merasa rindu rumah. Saya ingat ibu dan saudara perempuan saya dan bagaimana mereka begitu bertentangan dengan mimpi saya. Perasaan pengampunan menyerang keberadaan saya dan saya akhirnya melupakan fakta ini. Lagi pula, akulah yang harus percaya pada bakat dan panggilanku sendiri. Selain mencuci tubuh saya, saya mencoba untuk menjernihkan pikiran saya dari kotoran karena saya harus siap untuk mengatasi hambatan dan tantangan yang mungkin muncul. Aku mematikan air dan sabun.

Pada saat itu setetes kecil, dengan sendirinya, menyentuh kepala saya dan saya melakukan perjalanan langsung melalui dimensi yang jauh. Saya melihat diri saya di surga, berbicara dengan malaikat dan bertanya kepada mereka apa arti hidup. Sebagai tanggapan, saya mendengar dering dan ini membuat saya lebih bingung. Setelah para malaikat, saya berbicara dengan para Rasul dan salah satu dari mereka mengatakan kepada saya bahwa saya sangat istimewa bagi Tuhan. Dia menganggapku anaknya. Saya melihat, dari kejauhan, Perawan dan dia terlihat sama dengan saya seperti saat-saat lain saya melihatnya: murni dan bijaksana. Setelah itu, saya melihat Yesus Kristus di atas takhta-Nya, dengan segala kemuliaan-Nya, dan Dia mengatakan kepada saya untuk menjadi baik dan mempercayai bakat saya. Semua ini terjadi dalam waktu kurang dari satu detik, waktu yang diperlukan setetes air untuk menyentuh kepalaku. Kemudian saya melihat keran, air mengalir di tubuh saya, dan saya kembali ke kenyataan. Saya memutuskan untuk mematikannya karena saya cukup bersih. Keluar dari kamar mandi, aku menemukan Renato masih tertidur dan aku kesal. Aku menggoyangkan tubuhnya dengan penuh semangat untuk membangunkannya. Dia bangun menggerutu dan pergi untuk mandi. Saya mengambil kesempatan ini untuk pergi ke dapur hotel dan sarapan. Ketika saya tiba, saya diterima dengan baik oleh semua dan Carmen melayani saya beberapa makanan ringan.

"Maksudmu kemarin delegasi membebaskanmu begitu saja? (Rivanio)

"Aku bisa meyakinkannya. Dia tidak punya alasan untuk membuat saya dipenjara di sana.

"Anda beruntung, anak laki-laki. Adalah umum di desa ini bagi banyak ketidakadilan terjadi. Salah satu contohnya adalah Claudio. Dia ditangkap karena dia terlibat dengan putri mayor. (Gomes)

"Ini benar-benar memalukan. Jika aku bisa melakukan sesuatu untuknya...

"Anda lebih baik tidak berani. Mayor akan menganggap Anda musuhnya dan itu akan menjadi mimpi buruk. Metode yang digunakan utama untuk menghadapi musuh-musuhnya tidak menyenangkan. (Carmen)

Peringatan dari Carmen membuat saya cukup reflektif. Aku harus benar-benar berhati-hati karena mayor dan penyihir itu tidak boleh bercanda. Saya menginjak wilayah musuh dan harus memainkan gerakan yang tepat untuk keluar sebagai pemenang. Percakapan berlanjut ke mata pelajaran lain dan saya menyelesaikan sarapan saya. Begitu saya selesai, Carmen memanggil saya untuk percakapan pribadi.

"Nah, sudah waktunya untuk membahas pembayaran seperti yang telah saya nyatakan sebelumnya. Apakah Anda punya uang?

Pertanyaan itu mengejutkan saya sedikit, tetapi saya ingat bahwa saya telah membawa beberapa orang bersama saya dalam perjalanan. Saya memaafkan diri saya sendiri, melihat ke dalam tas saya dan kembali dengan beberapa perubahan. Carmen mengambil uang itu dan bertanya;

"Dari negara mana uang ini berasal? Saya belum pernah mendengar tentang "Reais." Sayangnya, saya tidak bisa menerimanya. Saya ingin mata uang nasional.

Tanggapan Carmen seperti tamparan di wajah dan kemudian saya menyadari bahwa pada tahun 1910 uang saya tidak memiliki nilai. Aku tidak punya jawaban.

" Saya melihat Anda tidak punya uang. Maka Anda harus mendapatkan pekerjaan untuk membayar saya. Bagaimana jika Anda bekerja untuk jurusan sebagai jurnalis?

"Saya tidak berpikir itu ide yang baik. Namun, itu satu-satunya pilihan yang saya miliki. Saya akan berbicara dengan jurusan dan meminta pekerjaan.

"Begitulah caranya. Aku berharap semoga sukses.

Carmen memberiku pelukan dan pensiun. Idenya tidak begitu buruk. Aku akan memiliki kesempatan untuk bertemu Christine dan siapa tahu, bahkan mungkin memiliki semacam kontak dengannya.

Sosok Mayor

Tak lama setelah berbicara dengan Carmen dan dia telah memberi saya ide, saya memutuskan untuk mengatur semuanya. Lagi pula, jam terus berdetak dan saya sekarang hanya memiliki lebih dari dua minggu untuk mengumpulkan "kekuatan lawan" dan membantu Christine menemukan takdirnya. Dengan mengingat hal itu, saya pergi ke kamar saya, mengenakan pakaian bagus dan pergi. Setelah meninggalkan hotel, saya mulai berkonsentrasi dan berpikir tentang cara terbaik untuk memperlakukan jurusan karena dia adalah orang yang sulit, sangat berprasangka, bangga dan sombong. Christine dan Claudio adalah beberapa korban dari cara berpikir dan bertindaknya. Saya tidak ingin menjadi satu lagi dan harus memilih kata-kata yang tepat. Saya terus merenungkan jurusan dan memikirkan banyak kesulitan yang dia lalui ketika dia masih kecil. Namun, dia tampaknya tidak belajar apa-apa karena dia tidak bisa melewatkan kesempatan untuk mempermalukan dan menyakiti orang. Hidup telah mengeraskan hati dan jiwanya. Dia bukan ide siapa pun tentang bos yang sempurna tetapi saya diperlukan pekerjaan untuk melaksanakan rencana saya.

Untuk sesaat, saya berhenti memikirkannya dan mempercepat sedikit karena saya berada di dekat rumah pedesaan. Saya melihat sekeliling saya dan orang-orang yang saya lihat sedih dan sesuai. Saya pikir orang-orang Mimoso sebagian bertanggung jawab atas situasi tirani dan ketidakadilan saat ini yang terjadi di tempat ini. Mereka didominasi oleh penyihir jahat dan oleh perwakilan utama dari Sistem Kolonel. Yang satu mengancam orang-orang dengan ilmu hitam dan yang lainnya menggunakan kekuatan untuk mengintimidasi dan menggertak. Keduanya bisa dibatalkan jika semua bersatu dalam pemberontakan melawan mereka. Kurangnya inisiatif dan penerimaan membuat mereka dalam situasi yang sama, mendominasi. Jadi, kekuatan kebaikan mengambil tindakan dan membuat saya melakukan perjalanan ke gunung yang semua orang katakan adalah suci. Di sana, saya bertemu wali, gadis muda, hantu, anak laki-laki, melakukan tiga tantangan dan memasuki sebuah gua yang mampu membuat mimpi terdalam menjadi kenyataan. Di dalam gua, aku lolos dari perangkap dan aku maju skenario sampai aku mencapai akhir. Saya berubah menjadi Peramal dan saya melakukan perjalanan tepat waktu mengejar suara yang tidak saya bertemu. Itu adalah suara Nona Christine, putri jurusan yang baru saja berubah. Seorang mayor yang sekarang akan saya hadapi untuk mendapatkan pekerjaan dan membayar apa yang saya berutang Carmen. Akhirnya, saya datang ke rumah pedesaan dan pelayan rumah datang untuk menyambut saya di kebun.

"Bagaimana saya bisa membantu Anda, Pak?

"Nama saya Aldivan dan saya seorang jurnalis. Saya ingin berbicara dengan jurusan. Apakah dia di rumah?

"Ya. Masuklah, dia ada di ruang tamu.

Dengan jantungku berdebar kencang, aku memasuki rumah pedesaan yang indah. Kecemasan dan kegugupan saya membunuh saya. Aku masuk ke dalam ruangan dan menyapa mayor.

"Apa yang membawamu ke sini, Tn. Peramal?

" Seperti yang Anda Tahu, saya seorang jurnalis. Jadi, saya berpikir bahwa Yang Mulia mungkin diperlukan layanan saya dan saya memutuskan untuk datang ke sini untuk meninjau kontrak saya.

"Dengar, aku tidak mengenalmu dengan baik dan aku masih tidak yakin apakah kau mata-mata atau jika kau milik oposisi. Saya tidak berpikir saya dapat membantu Anda.

"Saya jamin saya dapat dipercaya dan jurusan seperti Anda diperlukan dukungan jurnalistik untuk disetujui oleh masyarakat. Seperti kata pepatah, media adalah yang menciptakan seorang pria.

"Saya pikir itu mungkin ide yang bagus. Mari kita lakukan eksperimen untuk melihat apakah itu berhasil. Namun, jika Anda membahayakan citra saya, Anda akan diperlakukan sebagai musuh dan Anda mungkin pernah mendengar bahwa ini sama sekali bukan hal yang nyaman untuk terjadi. Sedangkan untuk gaji, itu akan menjadi uang yang baik. Anda tidak perlu khawatir.

"Terima kasih. Aku berjanji tidak akan mengecewakanmu. Kapan saya mulai?

"Mulai bekerja secepat mungkin. Saya ingin melihat nama saya beredar di seluruh Pernambuco. Saya ingin menjadi legendaris dan diingat oleh banyak generasi.

"Ini akan menjadi begitu, Mayor. Aku berjanji padamu.

Aku mengucapkan selamat tinggal dan pergi. Dengan misi yang dicapai, saya merasa lebih santai dan percaya diri. Meyakinkan mayor tidak begitu sulit karena dia haus akan kekuasaan dan ketenaran. Saya telah bermain dalam kelemahannya dan jadi saya keluar sebagai pemenang.

Pekerjaan

Mayor memberi saya instruksi pertama saya dan saya mulai bekerja untuk memajukan namanya. Pada dasarnya, tugas saya adalah memperkuatnya dengan menyebarkan tindakan dan bantuannya kepada penduduk setempat dan berkontribusi pada kampanyenya ketika dia akan mencalonkan diri sebagai penggaris kota. Tugas-tugas ini tidak menempatkan saya dalam posisi yang nyaman karena saya benar-benar bertentangan dengan cita-cita Sistem Kolonel dan sikap mayor. Namun, saya tahu ini adalah satu-satunya kesempatan untuk mendekati Christine karena dia benar-benar pendiam setelah tragedi itu. Semboyan saya adalah: Ini adalah akhir yang membenarkan sarana. Salah satu artikel berita pertama yang harus saya ungkapkan adalah sebagai berikut: keluarga besar yang diperlukan. Saya menentukan tanggalnya, berbicara tentang kebaikan mayor dan tindakannya, dan saya menyebutkan ucapan terima kasih dari orang-orang dan situasi bencana yang mereka masuki. Namun, yang paling penting tidak diungkapkan. Saya tidak menyebutkan bahwa uang yang digunakan untuk membeli keranjang makanan berasal dari pajak dan sebagai imbalannya jurusan mengharuskan keluarga untuk memilihnya sebagai penggaris. Tindakan "kebaikan" tidak lain adalah permainan yang menarik yang sangat populer selama pemerintahan Sistem Kolonel. Saya sekarang menjadi kaki tangan dari sistem ini bahkan bertentangan dengan keinginan saya sendiri. Saya mencoba untuk tidak memikirkannya lagi dan terus bekerja. Strategi saya sekarang adalah menemukan cara untuk berkomunikasi dengan Christine dan membiarkannya menemukan takdirnya sendiri.

Pertemuan Pertama dengan Christine

Dengan banyak bahan yang dihasilkan saya mendekati rumah pedesaan tempat utama tinggal. Persetujuannya diperlukan untuk publikasi lebih lanjut dari pekerjaan tersebut. Sepanjang jalan, ide ide datang kepada saya dan saya pikir saya akan menyebutkannya kepadanya. Saya pikir lebih baik dari itu dan akhirnya menyerah ide karena utama adalah orang yang keras dan umumnya tidak menerima saran. Saya berjalan beberapa langkah lagi dan akhirnya saya datang ke kediaman. Ketika aku bertepuk tangan, seorang gadis cantik datang untuk menyambutku.

"Apa yang Anda inginkan, Pak?

"Saya datang untuk berbicara dengan mayor.

"Dia tidak ada di sini. Bisakah kau datang lain waktu?

" Tidak masalah. Bolehkah saya berbicara dengan Anda? Kau Nona Christine, bukan?

"Ya. Nama saya Aldivan dan saya seorang reporter untuk " Koran Ibukota". Aku bekerja untuk ayahmu.

" Ayahku telah berbicara tentangmu. Anda melakukan artikel tentang dia, bukan?

"Ya. Selain itu, saya tertarik dengan cerita Anda. Bisakah kita bicara sebentar?

"Cerita saya? Saya pikir itu tidak menjadi perhatian Anda.

"Aku bersikeras. Aku bisa membantumu menemukan dirimu sendiri. Beri aku kesempatan.

Tiba-tiba, mata Christine tertuju pada saya dan rantai pemikiran kita bersatu. Dalam beberapa saat, dia memiliki kesempatan untuk mengenal saya sedikit lebih baik. Dia berpikir sebentar dan memutuskan.

"Baiklah, aku akan mendapatkan dua kursi bagi kita untuk duduk di sini di teras.

Dia memasuki rumah dan kembali tak lama setelah itu. Dia duduk di sebelahku dan aku bisa mencium aroma parfumnya yang sangat alami.

"Nah, Christine, apa yang menarik perhatian saya adalah berita yang saya baca di koran di Recife baru-baru ini. Ini berbicara tentang tragedi dan tentang Anda sebagai pribadi.

"Apa yang ditulis adalah benar dan dilaporkan di seluruh Pernambuco. Aku raksasa! Aku raksasa! Aku mengakhiri hidup anak itu. Dia adalah korban dari situasi itu seperti saya. Sekarang, setelah tragedi itu, saya sendirian dan semua orang melarikan diri dari saya. Saya tidak punya teman lagi, bahkan Tuhan. Aku di dasar batu.

"Jangan bilang begitu, Christine. Jika Anda merasa bersalah maka berhentilah karena apa yang terjadi adalah plot kotor dari kekuatan jahat yang diwakili oleh Clemilda. Mereka mengambil segala sesuatu dari Anda, bahkan Allah Anda. Jika Anda bereaksi, mungkin ada harapan.

"Apa kabar bisa mengetahui semua ini? Siapa sebenarnya kamu?

"Jika saya mencoba menjelaskannya kepada Anda sekarang, Anda tidak akan mengerti. Saya ingin Anda tahu bahwa, dalam diri saya, Anda memiliki teman baik, selamanya. Anda tidak lagi sendirian.

Air mata mengalir di wajah Christine dengan ketulusanku. Dia memelukku dan mengatakan dia kurang kasih sayang akhir-akhir ini. Saya mencoba untuk memulai kembali percakapan.

"Katakan padaku, bagaimana pengalamanmu di biara. Apakah Anda menemukan Tuhan di sana?

" Saya lakukan. Namun, kita bisa menemukan Tuhan di mana saja. Dia berada di air terjun yang turun, benar-benar dikirim ke tujuannya, Dia bernyanyi burung saat fajar, dan Dia adalah dalam gerakan ibu yang melindungi anaknya. Bagaimanapun, dia ada di dalam diri kita dan meminta untuk didengar terus menerus. Ketika saya mengetahui hal ini dan belajar mendengarkannya, saya mengerti bahwa panggilan saya bukan untuk menjadi seorang biarawati. Saya belajar bahwa saya bisa melayani-Nya dengan cara lain.

"Saya mengagumi Anda untuk gerakan ini dan saya setuju dengan definisi Anda. Berapa banyak orang menipu diri mereka sendiri sepanjang hidup mereka dan menyerahkan diri mereka ke jalan dalam hidup yang bukan untuk mereka. Kadang-kadang, ini terjadi di bawah pengaruh orang tua, masyarakat, atau hanya tidak tahu bagaimana mendengarkan suara batin yang kita semua miliki dan bahwa Anda memanggil Tuhan. Karena Anda memutuskan untuk meninggalkan kehidupan religius, saya berasumsi Anda telah menemukan cinta.

"Ya, tapi aku tidak ingin membicarakannya. Itu masih sangat menyakitkan, tragedi, dan semua peristiwa sebelumnya.

Saya memutuskan untuk menghormati keheningan Christine dan tidak berani bertanya apa-apa lagi padanya. Saya mengucapkan selamat tinggal dan bertanya apakah kita bisa berbicara di lain waktu. Dia mengatakan ya dan itu membuatku bahagia. Pertemuan pertama saya dengan Christine adalah sukses.

Kembali ke Rumah besar

Setelah pertemuan pertama dengan Christine, aku memutuskan untuk kembali menghadapi penyihir kuat Clemilda. Dia harus tahu bahwa/itu kekuatan kebaikan sedang bekerja dan bahwa/itu Kementerian Kejahatan akan segera berakhir. Dengan pemikiran ini, aku pergi lagi ke rumah hitam yang ditakuti. Ini memiliki aspek yang sama seperti waktu sebelumnya dan saya mulai menggigil, bernapas tidak teratur dan hati saya agak dipercepat. Mistik macam apa ini? "Kekuatan lawan" berteriak di dalam diriku. Sementara semakin dekat, suara bermasalah dan bingung mencoba untuk mendapatkan saya keluar dari jalan saya. Aku berlutut di lantai dan mencoba menjernihkan pikiranku untuk melanjutkan. Suara-suara itu benar-benar kuat. Saya mulai mengingat ajaran wali, tantangan dan gua. Saya juga ingat meditasi saya dan bagaimana hal itu membantu saya. Saya menerapkan apa yang saya pelajari dan mulai merasa lebih baik dan saya bisa melanjutkan. Saya bangun dan berjalan di langkah terakhir, akhirnya tiba. Pintu akses langsung terbuka dan tanpa rasa takut saya melewatinya. Adegan horor waktu sebelum berulang tetapi saya tidak memperhatikannya lagi. Tegas dan tegas, aku pergi ke lorong tempat aku disambut oleh Totonho, salah satu kroni Clemilda. Dia mengirimku ke sebuah ruangan. Di dalam, di tengah, adalah Clemilda mengenakan tudung.

“Untuk apa saya berutang kehormatan kunjungan lain dari Peramal? Pernahkah Anda datang untuk mengucapkan selamat atas pekerjaan yang saya lakukan di tempat pedesaan ini?

“Jangan mulai dengan saya. Anda tahu, bahkan lebih dari saya, bahwa ketidakseimbangan dalam "kekuatan yang berlawanan" mengancam Mimoso dan bahkan alam semesta. Aku ingin kau pergi dari sini secepat mungkin. Luka yang Anda sebabkan kepada orang- orang, terutama seorang gadis muda bernama Christine terlalu banyak. Saya senang bahwa saya berteman dengannya dan saya mulai membuatnya melihat takdirnya sendiri.

“Saya ragu Anda akan dapat meyakinkannya untuk menjadi seorang gadis muda yang percaya diri, benar-benar bebas rasa bersalah. Tragedi itu mempengaruhi indra dan perasaannya. Tentang "kekuatan lawan," Anda benar, tetapi tidak akan mudah untuk mengeluarkan saya dari sini. Saya mengusulkan kesepakatan. Jika Anda membujuk Christine untuk benar-benar mengubah arahnya dan jika Anda menyelesaikan tiga tantangan pada tiga hari yang berbeda, Anda akan berhak atas pertempuran terakhir. "Kekuatan yang berlawanan" akan bertemu dan saling berhadapan, dan siapa pun yang menang akan memerintah untuk selamanya.

“Pertempuran? Bukankah itu berbahaya? Alam semesta berada dalam bahaya menghilang jika ada yang tidak beres.

“Anda tidak punya pilihan. Ini mengambil atau meninggalkannya. Apakah Anda benar-benar ingin menyelamatkan Mimoso? Kemudian menghadapi kekuatan "Kegelapan."

“Kesepakatan. Aku akan melakukannya.

Karena itu, saya pensiun dari ruangan dan mencari jalan keluar. Perang akan segera dimulai antara "kekuatan lawan" dan saya adalah salah satu karakter utama dari konfrontasi ini. Saya tidak tahu apa yang akan terjadi tetapi saya bersedia melakukan apa saja untuk membalikkan ketidakseimbangan "kekuatan lawan" dan membantu Christine.

Pesan II

Pertemuan dengan Clemilda memberi tahu saya bahwa saya harus segera bertindak dan membuat rencana saya beraksi. Perang antara "kekuatan lawan" diumumkan dan saya memiliki peran utama di dalamnya. Jadi, saya memutuskan untuk menulis catatan, ditujukan kepada Christine, mengundangnya untuk pertemuan lain. Setelah saya menulisnya, saya menelepon Renato dan memintanya untuk mengirimkan catatan itu ke tangannya. Dia mengambilnya dan pergi tanpa penundaan. Sekitar dua puluh menit kemudian dia kembali, membawa jawabannya. Saya mengambil kertas dengan hati-hati dan membukanya perlahan seolah-olah saya takut dengan jawabannya. Ini berisi pesan berikut: Temui saya pada pukul 7:00 pagi di jalan menuju Climério.

Saya senang mendengar bahwa dia menerima undangan dan harapan saya untuk memulihkan kenaikannya. Dia adalah pemain kunci dalam perang melawan kekuatan yang menentang kami.

Perjalanan ke Climério

Hari pertemuan akhirnya tiba. Saya bangun dan mengatur strategi yang paling tepat untuk digunakan pada pertemuan tersebut. Saya pergi ke kamar mandi dan mandi, menyikat gigi dan pergi sarapan. Setelah menyelesaikan semua langkah ini, saya siap untuk pergi keluar dan menemukan Christine. Tempat pertemuan yang saya kenal dengan baik. Itu di Climério, yang terletak di sebelah timur Mimoso. Dengan disposisi yang telah saya bangun dengan, saya mulai berjalan menuju tempat pertemuan. Saat itu sudah lewat jam 7:00 pagi dan tepatnya saat ini Christine seharusnya sudah meninggalkan rumahnya. Ingatan akan pertemuan pertama kami muncul dalam pikiran dan saya bertanya-tanya apakah Christine sudah mempercayai saya karena dia banyak ditarik kembali selama saat-saat pertama wawancara. Tidak heran. Saya adalah orang asing, orang asing yang ternyata sangat berpengetahuan tentang detail hidupnya. Ini menghasilkan dampak yang belum pernah terjadi sebelumnya. Saya senang bahwa saya telah menyatakan dengan jelas bahwa saya ingin menjadi temannya dan melihat bagaimana dia merasa sangat kesepian akhir-akhir ini, dia menerima, setidaknya untuk sementara, penasihat saya dan saran saya. Sekarang saya siap untuk tahap kedua yang paling penting.

Saya berjalan untuk beberapa waktu ke arah yang sama dan lebih jauh saya melihat sosok Christine. Segera, aku mulai berlari untuk menemuinya.

“Bagaimana kabarmu, Christine? Apakah Anda memiliki malam yang baik?

“Sejak tragedi itu terjadi, aku belum memiliki malam yang baik. Saya selalu bermimpi tentang pernikahan saya dan semua yang terjadi di sana. Aku tidak tahu berapa lama aku akan hidup seperti ini.

“Kauharus membiarkannya pergi, Christine. Lupakan rasa bersalah dan penyesalan karena mereka hanya menyakiti Anda. Saya belajar bahwa dalam hidup kita harus hidup di saat ini dan melupakan masa lalu kita yang menyakitkan. Saat-saat indah adalah saat-saat yang harus kita ingat untuk memperkuat diri kita sendiri dan terus berjalan dengan kepala tegak.

“Itu hanya kata-kata. Rasa sakit yang saya rasakan di dalam masih terlalu banyak.

“Suatu hari Anda akan mengatasinya. Aku yakin akan hal itu. Nah, Christine, aku punya sesuatu yang serius untuk berbicara dengan Anda tentang. Ini adalah tentang penyihir Clemilda yang dipanggil kekuatan kegelapan untuk mengambil alih desa Mimoso. Dia bertanggung jawab atas tragedi itu dan semua peristiwa buruk lainnya di sini sejak saat itu. Saya menghadapinya dan saya bertekad untuk mengakhiri pemerintahannya. Sebagai tanggapan, dia menawari saya kesepakatan. Sekarang, saya perlu mengumpulkan "kekuatan kebaikan" untuk pertempuran. Apa yang Anda katakan? Apakah Anda siap untuk membela saya dalam pertarungan ini?

“Saya tidak tahu apakah saya siap. Clemilda adalah sepupu Gerusa dan Gerusa praktis seorang ibu bagi saya. Saya tahu dia buruk dan saya benar-benar menentang tindakannya. Di sisi lain, dia praktis keluarga. Ini adalah "kekuatan lawan" yang membingungkan hati saya dan membuat saya ragu.

“Aku mengerti. Saya harus mengingatkan Anda bahwa Anda memiliki peran kunci dalam perang yang akan datang. Sebelum Anda memutuskan, pikirkan orang-orang, Kristen dan tentang diri Anda.

“Aku berjanji akan memikirkannya. Ingin memberitahuku hal lain?

Saya pikir beberapa saat sebelum menjawab dan saya bertanya-tanya apakah dia benar-benar siap. Saya memutuskan untuk mengambil risiko.

“Ya, seluruh kebenaran. Christine, selama bertahun-tahun saya adalah seorang pemimpi muda dan penuh harapan. Namun, terlepas dari upaya terbaik saya, saya tidak dapat mencapai tujuan saya. Saya menghabiskan tiga tahun hidup saya benar-benar sepi: Saya tidak punya pekerjaan dan saya tidak belajar. Berada di dasar batu membawa saya ke krisis yang hampir membuat saya gila. Selama krisis ini, saya mencoba untuk lebih dekat dengan Sang Pencipta untuk mendapatkan kedamaian dan penghiburan. Namun, semakin saya bersikeras, semakin sedikit saya menerima jawaban. Jadi, saya mencoba berlindung pada Iblis untuk mencari penyembuhan dan jawaban. Saya pergi ke sebuah sesi dan mereka berjanji kepada saya bahwa saya akan dapat menyembuhkan dan bahagia. Sebagai imbalannya, saya harus mengubah agama dan melakukan apa yang mereka katakan. Pada hari itu dan pada jam yang ditandai untuk kembali ke tempat ini saya mendapat jawaban bahwa Tuhan peduli tentang saya. Dia mengirim Malaikatnya dan memperingatkan saya untuk tidak kembali, bahwa saya tidak akan menemukan banyak kerinduan untuk kebahagiaan dan penyembuhan. Jadi, aku merasa peringatan itu dan saya tidak berani kembali ke sana. Saya melihat seorang dokter dan dia mengatakan kasus saya tidak serius, bahwa itu adalah gangguan saraf sederhana. Jadi, saya minum beberapa obat dan membaik. Tuhan menggunakan dokter itu untuk membantu saya. Berapa kali dia melakukannya tanpa kita sadari. Selama krisis saya, saya mulai menulis untuk bersenang-senang, sebagai terapi. Kemudian saya menyadari bahwa saya memiliki bakat yang tidak pernah saya perhatikan. Setelah krisis, saya mendapat pekerjaan dan kembali ke sekolah. Pada saat yang sama, keinginan untuk menjadi penulis dan berkomunikasi dengan orang-orang tumbuh dalam diri saya. Saat itulah aku mendengar tentang Gunung Ororubá, gunung suci. Itu menjadi suci karena kematian seorang dukun misterius, dan memiliki gua megah di puncaknya yang disebut gua keputusasaan. Ia mampu mencapai impian apa pun, asalkan murni dan jujur. Jadi, saya memutuskan untuk berkemas dan memulai perjalanan ke gunung. Saya mengucapkan selamat tinggal kepada keluarga saya tetapi mereka tidak mengerti mimpi saya. Namun demikian, saya pergi. Saya harus percaya pada bakat dan potensi saya sendiri. Jadi, saya mendaki gunung dan bertemu wali, roh kuno. Dengan ajarannya, saya bisa mengatasi tantangan yang menjadi tiket saya ke dalam gua. Namun, ceritanya belum selesai. Gua keputusasaan tidak pernah mengizinkan siapa pun untuk melaksanakan mimpinya melalui itu. Semua orang yang telah mencoba dilenyapkan. Namun, saya bermimpi, dan mempertaruhkan hidup saya tidak akan menjadi hambatan bagi saya. Aku memutuskan untuk masuk ke dalam gua. Aku mulai berjalan ke dalamnya dan segera, perangkap pertama muncul. Saya berhasil menyingkirkan mereka semua dan segera setelah itu, saya menemukan tiga pintu. Mereka mewakili kebahagiaan, kegagalan dan ketakutan. Aku mengambil pintu yang tepat dan aku maju di gua. Kemudian, saya menemukan seorang ninja dan dengan seni bela dirinya dia mencoba menghancurkan saya. Pengalaman itu membawa saya ke kemenangan dan saya menebang ninja. Kemudian saya maju lebih banyak di gua dan menemukan labirin. Aku memasukinya dan tersesat. Saat itulah saya punya ide dan saya berhasil menemukan jalan keluar. Kemudian, saya menemukan satu set cermin. Skenario ini membuat saya merenung dan membantu saya menemukan diri saya. Jadi, aku mendorong sedikit lebih jauh ke dalam gua. Singkatnya, saya bisa memajukan semua skenario gua dan melihat dirinya berkewajiban untuk mengabulkan keinginan saya. Saya menjadi Peramal dan saya melakukan perjalanan kembali ke masa lalu, mengikuti suara yang tidak saya bertemu. Suara ini milikmu, Christine, dan aku di sini untuk membantumu.

"Itu banyak informasi sekaligus. Saya tidak tahu apakah Anda gila atau saya kehilangan akal karena mendengarnya. Saya sudah pernah mendengar tentang gua dan kekuatannya yang luar biasa tetapi tidak pernah membayangkan bahwa/itu seseorang telah masuk dan mengatasi apinya. Saya harus berpikir sedikit dan merenungkan semua yang saya dengar.

"Pikirkan, Christine, tapi jangan terlalu lama. Waktu saya di sini hampir habis dan saya harus memenuhi misi saya.

"Aku berjanji akan memberikan jawaban segera. Nah, sekarang saya harus menyelesaikan perjalanan saya dan kembali ke rumah.

Aku mengucapkan selamat tinggal pada Christine dan aku kembali ke hotel. Saya telah melakukan bagian saya, sekarang semua yang tersisa adalah jawabannya. Harapan saya berada di tangan takdir dan saya tidak tahu ke arah mana itu menunjuk. Perang antara "kekuatan lawan" akan segera terjadi dan tanggapan Christine akan menjadi faktor penentu.

Keputusan

Perang yang akan datang antara "kekuatan lawan" membuat saya sama sekali tidak yakin. Saya tidak pernah berpartisipasi dalam kontes jenis ini dan itu akan menjadi pengalaman yang unik. Untuk meringankan hati dan pikiran saya, saya meninggalkan hotel dan saya mengarahkan diri ke reruntuhan kapel St Sebastian, yang sangat dekat. Sepanjang jalan, aku bertanya-tanya tantangan apa yang akan aku hadapi dan apakah mereka akan sesulit rintangan di gua. Aku akan melakukan segalanya dengan kekuatanku untuk menang di tengah-tengah kesulitan apa pun. Pikiran saya meningkat dan saya berpikir tentang mimpi saya dan setiap rintangan yang melibatkannya. Saya bertanya-tanya apakah saya akan mendapatkan penerbit komersial untuk buku saya. Apakah investasi yang sama cukup untuk buku untuk mencapai kesuksesan? Saya sangat sadar bahwa gua itu benar-benar membantu saya tetapi tidak akan menyelesaikan semua masalah saya. Saya berharap bahwa gua itu hanyalah awal dari karier sastra yang panjang dan kuat. Namun, itu bukan waktunya bagi saya untuk khawatir tentang itu. Saya memiliki hal-hal yang lebih penting untuk dilakukan. Aku harus menyatukan kembali "kekuatan lawan" dan membantu Christine menemukan dirinya. Tujuan-tujuan ini membuat saya lebih dekat ke reruntuhan dan beberapa saat kemudian saya menyentuh sisa-sisa simbol kekristenan. Saya mencari salib yang dibiarkan utuh dan setelah menyentuhnya saya mulai memahami lebih banyak tentang agama saya dan pendirinya. Dia telah menyerahkan dirinya untuk kita hanya untuk cinta yang tidak bisa kita pemahaman. Cinta yang begitu besar sehingga mampu melakukan mukjizat. Itulah yang saya diperlukan: sebuah keajaiban.

Saya akan menghadapi kekuatan yang tidak Selamat bersenang-senang yang muak dengan egoisme, kecanduan, kelemahan dan kebencian manusia, kekuatan yang mampu menghancurkan kehidupan manusia. Saya melihat lagi salib dan itu mengisi saya dengan keberanian. Ada contoh pemenang. Dia juga seorang pemimpi seperti saya dan ajarannya telah menaklukkan dunia. Dia mengajarkan kita untuk mencintai dan menghormati orang lain dan ini adalah pesan yang saya khotbahkan dalam hari ke hari. Saya melihat sekeliling pada segala sesuatu yang ada di dekat saya: Saya melihat orang-orang, langit biru, dan jauh, cakrawala. Saya tidak bisa mengecewakan mereka atau diri saya sendiri. Dengan semua kekuatan di dadaku, aku berteriak:

"Aku sudah siap!

Bumi mulai bergetar dan dalam hitungan detik saya merasa direnggut dari tempat di mana saya berada. Saya dipimpin oleh rambut dan emosi saat ini mengaburkan visi saya, semuanya gelap dan kosong.

Pengalaman di Gurun

Saya baru saja bangun dan saya bangun untuk mengetahui dengan tepat di mana saya berada. Aku melihat ke empat arah dan aku hanya bisa melihat pasir dan langit. Rasanya seperti berada di tengah padang pasir. Apa yang kulakukan di sini? Lelucon macam apa ini? Dalam sekejap, saya berada di reruntuhan kapel (di Mimoso) dan di tempat lain saya berada di tempat yang gelap dan kosong ini. Aku mulai berjalan, mencari sesuatu. Siapa tahu mungkin saya akan menemukan sebuah oasis atau seseorang yang dapat membimbing saya dan memberi tahu saya di mana saya berada. Perasaan kesepian meningkat setiap menit meskipun keyakinan saya bahwa saya selalu ditemani oleh malaikat. Pada saat-saat ini saya akhirnya mengingatkan diri saya betapa pentingnya memiliki teman atau seseorang yang dapat Anda percayai. Uang, kesombongan sosial, kesombongan, kesuksesan, dan kemenangan tidak ada gunanya jika Anda tidak memiliki seseorang dengan siapa untuk membagikannya. Saya terus berjalan dan keringat mulai menetes, rasa lapar mulai menggigit saya dan haus juga. Aku merasa tersesat seperti yang kulakukan di labirin gua. Strategi apa yang akan saya gunakan sekarang? Oasis bisa di mana saja. Aku berhenti sebentar. Aku harus memulihkan kekuatanku dan bernapas. Saya belum mencapai batas saya tetapi saya merasa cukup lelah. Pendakian tangga curam datang ke pikiran, yang di kuil suci, situs penjaga, di gulungan. Saya masih kecil dan upaya pendakian telah menghabiskan banyak biaya. Setelah tiba di puncak, saya masuk ke tempat yang aman karena takut jatuh dari punggung bukit yang curam. Ibuku menyalakan lilin dan membayar janji yang telah dibuatnya. Kuil ini dikunjungi oleh banyak wisatawan dan itu mengambil penampilan Perawan Maria di tempat itu.

Setelah menuruni tempat kudus, saya merasa lebih santai dan percaya diri. Itulah yang akan saya rasakan saat menemukan sebuah oasis. Saya kembali berjalan dan memiliki pertanyaan di pikiran saya yang tidak akan keluar dari kepala saya. Di mana tantangannya? Tidak masuk akal bagi saya untuk terus berjalan tanpa jawaban. Karena saya telah melakukan perjalanan ke gunung suci, menyelesaikan tantangan dan memasuki gua saya memiliki rencana dan tujuan. Saya sekarang terombang-ambing dan tanpa arah. Saya mulai merenungkan langit dan saya melihat beberapa burung. Ide bagus muncul di kepala saya dan saya memutuskan untuk mengikuti mereka seperti yang saya lakukan dengan kelelawar di gua. Setelah tiga puluh menit kejar-kejaran, saya melihat sebuah danau di mana burung-burung mendarat dan harapan saya dikembalikan dengan kekuatan yang lebih besar. Saya mendekati danau dan mulai minum airnya. Saya minum sedikit tapi rasa tidak enak membuat saya berhenti. Jadi, saya duduk sebentar di tepi danau untuk mengistirahatkan kaki dan kaki saya yang lelah dari perjalanan. Sesaat kemudian, sebuah tangan menyentuh bahu saya dan saya berbalik. Penjaga yang saya temui di gunung itu tepat di depan saya.

“Anda, di sini? Aku tidak mengharapkan itu.

“Anakku, kau terlihat sedikit lelah. Apakah Anda tidak ingin pulang? Keluargamu sangat merindukanmu.

“Aku tidak bisa. Aku harus memenuhi misiku. Itu adalah wanita yang sama yang mengirim saya ke Mimoso untuk menyatukan kembali "kekuatan lawan" dan untuk membantu Christine.

“Lupakan misi Anda. Anda tidak memiliki kekuatan untuk mengalahkan lawan Anda. Ingatlah bahwa bahkan tuanmu Yesus Kristus binasa di kayu salib karena tidak mematuhi Iblis.

“kamu benar-benar salah. Yesus Kristus keluar sebagai pemenang perselisihan itu dan salib adalah simbol kemenangan-Nya. Tunggu. Anda tidak pernah berbicara seperti itu. Siapa kamu? Saya yakin bahwa/ itu Anda bukan wali meskipun penampilan Anda.

Wanita itu menangis sarkasme dan menghilang. Jadi, itu hanya visi yang ingin mengacaukanku. Saya harus sangat berhati-hati dengan penampilan. Saya tetap duduk tanpa ide tentang cara meninggalkan tempat yang luas dan kosong itu. Saya hanya merasakan detak jantung saya, kaki saya berkedut dan alam bawah sadar saya mengatakan itu belum berakhir. Apa yang hilang? Saya sudah bosan dengan tantangan ini. Aku melihat ke cakrawala dan di kejauhan. Aku melihat seseorang mendekat. Apakah itu lebih dari sekedar visi? Aku harus berhati-hati. Ketika saya semakin dekat, saya ketakutan dan tidak bisa mempercayainya. Orang itu memeluk saya dan saya mengembalikannya terlepas dari ketidakpercayaan.

“Apakah Anda benar-benar ibuku? Bagaimana kau bisa sampai di sini?

“ Aku. Penjaga membantu saya menemukan Anda. Setelah kau pergi, aku pergi ke gunung karena aku sangat khawatir. Jadi, saya menemukan penjaga dan dia membimbing saya.

“Tunggu. Aku harus punya bukti bahwa kau benar-benar ibuku. Apa nama kucing favorit saya dan nama panggilan mana yang diberikan keponakan saya?

“Itu mudah. Nama kucing favoritmu adalah Pecho dan nama panggilanmu adalah Paman “Bersifat ketuhanan”.

Jawabannya menenangkan saya dan saya memeluknya. Aku benar-benar diperlukan seseorang yang akrab di gurun itu.

"Apa yang kau lakukan di sini?

"Aku di sini untuk meyakinkan Anda untuk menyerah semua ini. Anda mempertaruhkan bahaya besar di gurun ini. Ayo, ayo pergi. Aku seharusnya tidak membiarkanmu meninggalkan rumah.

"Aku tidak bisa. Aku harus menyelesaikan misi. Aku perlu menyatukan kembali "kekuatan lawan" dan membantu Christine. Selain itu, saya harus mendokumentasikan semuanya dalam sebuah buku sehingga saya dapat memulai karier sastra saya.

" Misimu ini gila. Anda tidak dapat mengalahkan kekuatan kegelapan dan Anda juga tidak dapat menerbitkan buku. Berapa kali saya harus mengatakan bahwa menulis buku tidak akan memberi Anda hasil apa pun? Anda miskin dan tidak dikenal. Siapa yang akan membelinya? Selain itu, Anda tidak memiliki bakat.

"Anda benar-benar salah. Saya dapat menyatukan kembali "kekuatan lawan" dan membuat impian saya menjadi kenyataan. Saya tidak percaya bahwa/itu Anda adalah ibu saya meskipun dia juga tidak mendorong saya. Saya tahu dia memiliki secercah harapan bahwa saya benar-benar akan menjadi penulis. Saya memiliki bakat atau saya tidak akan memasuki gua untuk meminta gunung untuk mengubah saya menjadi Peramal.

Seketika, ibuku menjadi pria dengan penampilan berwarna terang dan dengan mata api. Aku sedikit terkejut, tapi aku menduga itu bukan dia. Pria itu mulai berputar di sekitarku.

"Peramal, Anak Allah. Pernahkah Anda berpikir tentang apa arti semua nama ini? Kewaskitaan adalah hadiah yang membantu seseorang mengetahui masa depan atau memiliki gagasan yang tepat tentang apa yang terjadi di tempat lain. Anda tidak memiliki kemampuan ini. Sebenarnya, apa yang Anda miliki adalah Kewaskitaan terbelakang. Ini cukup sok dari Anda untuk mengklaim sebagai psikis yang kuat. Adapun fakta bahwa Anda adalah Anak Allah, itu adalah lelucon besar. Apakah Anda tidak ingat kesalahan yang Anda lakukan di padang pasir persis seperti yang satu ini? Apakah Tuhan mengampuni Anda? Lalu bagaimana Anda memiliki keberanian untuk menyebut diri Anda Anak Allah? Bagi saya, Anda lebih dari setan dari anak Allah. Itu benar. Kau iblis, sepertiku!

"Saya mungkin bukan paranormal yang kuat, tetapi saya mendapatkan pesan dari Sang Pencipta. Dia mengatakan kepada saya bahwa saya akan memiliki masa depan yang cerah. Saya membangunnya setiap hari dalam pekerjaan saya, dalam studi saya dan di buku-buku yang saya tulis. Adapun kesalahan saya, saya tahu mereka dan saya telah meminta pengampunan. Siapa yang tidak membuat kesalahan? Saya fokus untuk menjadi pria baru dan saya telah melupakan semua masa lalu saya. Pesan-pesan yang saya terima adalah bahwa Tuhan menganggap saya putranya dan saya sangat mempercayainya. Kalau tidak, dia tidak akan menyelamatkanku berkali-kali.

Dengan mata penuh air mata, saya melihat alam semesta dan membelakangi penuduh saya. Aku memberikan teriakan yang kuat.

"Aku bukan iblis! Saya adalah manusia yang menemukan suatu hari bahwa saya memiliki nilai yang tak terbatas bagi Tuhan. Dia menyelamatkan saya dari krisis dan menunjukkan jalan. Sekarang, saya ingin tinggal bersamanya dan memenuhi diri saya sendiri tidak peduli hambatan dan kesulitan yang harus saya atasi. Mereka akan mematangkan saya dan saya akan menjadi manusia yang lebih baik. Saya akan senang karena alam semesta berkonspirasi untuk itu.

Iblis mundur sedikit dan berkata:

"Kita akan bertemu lagi, Aldivan. Perang antara "kekuatan lawan" baru saja dimulai. Pada akhirnya, saya akan keluar sebagai pemenang.

Dengan mengatakan itu, dia sudah pergi. Sesaat setelah itu, sekali lagi aku terpesona. Dalam hitungan detik saya menemukan diri saya dalam skenario sebelumnya, sekali lagi di bawah reruntuhan kapel. Saya segera memutuskan untuk kembali ke hotel untuk beristirahat dan memulihkan kekuatan dan semangat saya. Tantangan pertama telah selesai, sekarang hanya ada dua yang tersisa.

Para Penyembah Kegelapan

Keesokan harinya, saya kembali ke tempat yang sama di mana saya telah dibawa ke pengalaman pertama. Secara tidak sadar, saya pikir itu adalah pintu gerbang menuju tantangan. Ketika saya melihat reruntuhan, saya merasa hati saya terkoyak oleh kehancuran tempat itu. Jalan yang benar telah dibekap oleh penyihir jahat dan sesat. Sekarang, tugas saya adalah menyeimbangkan "kekuatan lawan" dan melanjutkan perdamaian yang hilang di tempat itu. Siap, saya ulangi kata sandi dari hari sebelumnya dan lagi saya diangkut. Saya menemukan diri saya di tempat yang aneh dan gelap di mana ritual sedang dilakukan. Ada sekitar sepuluh orang, diatur dalam lingkaran bergumam kata-kata dalam bahasa yang saya tidak tahu. Di tengah, seorang pria berjongkok dan yang lainnya menuangkan cairan dengan bau yang tak tertahankan di kepalanya. Sesaat kemudian, dua tanduk tumbuh di kepalanya dan wajahnya menjadi tampak mengerikan. Dia melihatku dan bangkit. Dia mendekat, mengambil pedang dan melemparkan yang lain padaku. Saya gugup karena saya tidak terbiasa berurusan dengan senjata.

Dia memanggil saya untuk bertarung dan mulai menyerang beberapa pukulan. Saya mencoba untuk memblokir mereka dengan pedang saya dan saya melakukannya, hampir dengan keajaiban. Dia terus menyerang dan saya membela diri. Saya mulai menonton gerakannya untuk membuat reaksi berikutnya. Dia cukup cepat dan terampil. Secara bertahap, saya mulai melawan dan dia tampak terkejut. Salah satu gerakanku menyakitinya tapi dia masih tampak tak kenal lelah. Jadi, saya memutuskan untuk mengajukan banding. Saya mendekatinya dan tanpa dia memperhatikan, bersiaplah untuk serangan terakhir. Pedang itu membantu saya tidak seimbang dan dengan tinju terkepal saya memukulnya dengan semua yang saya miliki. Dia jatuh ke tanah, tidak sadarkan diri. Pada saat yang sama, saya diangkut ke reruntuhan kapel. Tantangan kedua sudah terpenuhi.

Pengalaman Kepemilikan

Hari ketiga akhirnya tiba. Sekali lagi, saya pergi ke reruntuhan kapel. Pengalaman ketiga ditandai dan saya tidak bisa menunggu lebih lama lagi. Apa yang menungguku? Saya benar-benar tidak tahu tapi saya merasa siap untuk apa pun. Penjaga, tantangan dan gua telah berkontribusi secara signifikan untuk ini. Saya sekarang adalah Peramal dan tidak bisa lagi takut. Percaya diri dan tenang saya ulangi kata sandi dari hari sebelumnya. Angin dingin menghantam, tubuhku bergetar dan suara tak henti-hentinya mulai mengganggku. Dalam sekejap, hati nurani saya diangkut ke pikiran saya dan setelah tiba di sana, saya mendengar seseorang mengetuk pintu. Aku memutuskan untuk menjawabnya. Setelah membuka pintu, subjek berwarna terang, langsing, dengan mata berwarna madu dan mahkota duri di kepalanya masuk.

"Siapa kamu?

"Saya adalah Yesus Kristus. Apakah Anda tidak mengenali mahkota saya? Dengan itulah mereka melukai kepalaku.

"Apa yang kau lakukan di sini, dalam pikiranku?

" Aku pergi untuk mengambil kepemilikanmu. Jika Anda setuju, saya akan membuat Anda yang paling kuat dan paling berbakat dari laki-laki.

"Bagaimana saya tahu Anda adalah siapa yang Anda katakan Anda? Aku ingin bukti.

"Itu mudah. Anda adalah seorang pemuda berusia dua puluh enam tahun, pendiam, baik dan sangat cerdas. Impian Anda adalah menjadi seorang penulis dan itulah sebabnya Anda melakukan perjalanan ke gunung yang semuanya mengklaim suci. Anda bertemu wali, gadis muda, hantu, anak laki-laki, mengalahkan tantangan dan memasuki gua paling berbahaya di dunia. Menghindari perangkap dan memajukan skenario, Anda menang. Jadi, itu memenuhi impian Anda dan mengubah Anda menjadi Peramal. Namun, gua itu hanya satu langkah dalam pertumbuhan spiritual Anda. Sekarang, kau diperlukanku untuk melanjutkan jalan.

"Anda benar-benar Yesus Kristus. Namun, saya tidak tahu apakah saya menginginkan seseorang dalam pikiran saya. Sulit untuk terbiasa dengan suara yang membimbing saya sepanjang waktu. Anda tidak bisa membantu saya dari surga? Ini akan lebih nyaman bagi saya.

"Jika saya tidak tinggal di sini, Anda akan menjadi kegagalan. Putuskan dengan cepat: Apakah Anda ingin menjadi seorang pria atau apakah Anda ingin menjadi Tuhan? Jika Anda memilih pilihan kedua, saya akan membuat Anda terbang, berjalan di atas air dan melakukan mukjizat.

"Aku tidak percaya. Sekali lagi, saya butuh bukti.

Aku mengalihkan tubuhku ke dataran banjir, di mana sungai melewati Mimoso. Saya ingin memiliki bukti nyata tentang apa yang terjadi pada saya. Setelah tiba di sungai, saya mencoba untuk mengambil langkah pertama saya di atas air. Setelah menyeberanginya, saya ditunjukkan bukti penipuannya. Aku sedang tertipu.

"Raksasa! Anda bukan Yesus Kristus! Keluar dari pikiranku sekarang, aku perintahkan padamu!

Pria itu berubah menjadi makhluk dengan tanduk dan ekor panjang. Angin kencang mulai bertiup di atasnya dan mendorongnya tepat ke pintu masuk pikiranku. Dia keluar dan pintu tertutup. Hati nurani saya kembali normal dan saya merasa lebih baik. Pengalaman itu telah menghabiskan kekuatan saya dan jadi saya memutuskan untuk segera kembali ke hotel dengan tantangan ketiga bertemu. Sekarang aku hanya harus meyakinkan Christine dan pergi untuk pertempuran terakhir.

Penjara

Setibanya di hotel, saya terkejut dengan kehadiran Delegasi Pompeu dan bawahannya.

"Nah, lihat siapa yang telah tiba, hanya siapa yang kami harapkan. Tn. Peramal, pak, sedang ditahan. (Pompeu)

"Bagaimana? Apa tuduhannya?

"Dia dipenjara atas perintah Ratu Clemilda dan itu sudah cukup.

Dengan cepat, bawahan meletakkan borgol pada saya. Campuran kemarahan dan kemarahan mengisi seluruh keberadaan saya. Kekuatan Kegelapan menggunakan upaya terakhir mereka untuk mencegah kemenangan kebaikan. Dipenjara saya tidak bisa berbuat apa-apa dan dengan ini Mimoso akan hilang. Apa yang akan terjadi pada "kekuatan yang berlawanan" dan Christine? Pada saat yang tepat ini saya sudah kehilangan semua harapan. Mereka memerintahkan saya untuk berjalan dan itulah yang saya lakukan. Dalam perjalanan ke stasiun, semua ketidakadilan yang saya derita dalam hidup saya muncul dalam pikiran: Ujian yang dikoreksi dengan buruk, petugas publik yang tidak manusiawi, pengadilan yang buruk dan salah paham dari orang lain. Dalam semua situasi ini saya merasakan hal yang sama: tertindas. Saya mengarahkan perhatian saya kepada delegasi dan saya bertanya kepadanya apakah dia tidak merasa menyesal. Dia mengatakan bahwa dia tidak melakukannya, tetapi dia akan melakukannya jika dia tidak memenuhi pesanan karena dia pasti akan kehilangan pekerjaannya. Saya mengerti maksudnya dan saya tidak punya pertanyaan lagi. Beberapa waktu kemudian, kami tiba di tujuan kami. Mereka melepaskan borgol saya dan menempatkan saya di sel di mana ada beberapa tahanan lain. Saya menghabiskan malam pertama saya benar-benar terkunci.

Dialog

Dalam waktu singkat saya menemukan cara untuk menyesuaikan diri dengan tahanan lain. Mereka ada di sana karena beberapa alasan: Satu untuk mencuri ayam, yang lain karena menolak membayar pajak dan beberapa karena mereka tidak memilih kandidat yang dinominasikan oleh mayor. Salah satunya adalah Claudio. Aku mulai mengobrol dengannya.

"Apakah Anda sudah lama di sini?

"Ya, waktu yang lama. Saya sudah berada di sini sejak mayor menemukan bahwa saya berkencan dengan putrinya. Dan kau, kenapa kau dipenjara?

“ Aku bertengkar dengan seorang wanita bernama Clemilda. Dia telah melakukan tirani mengunci saya di sini seperti ini. Tapi ceritakan tentang dirimu, kau sangat mencintai gadis ini sampai-sampai kamu berisiko menghadapi jurusan?

“Ya, aku mencintainya. Sejak aku bertemu Christine, aku adalah orang baru. Saya datang untuk menghargai hal-hal yang sangat penting. Saya juga melepaskan kebiasaan buruk dan cara liar saya. Tanpa dia, aku tidak tahu apa yang akan terjadi dalam hidupku.

“Aku mengerti. Saat aku bertemu dengannya, aku pikir dia benar-benar istimewa. Sayang sekali dia harus melalui tragedi seperti itu.

“Aku mendengar tentang tragedi di sini, di penjara. Namun, saya menolak untuk percaya bahwa wanita yang saya cintai adalah seorang pembunuh. Temperamennya tidak sesuai dengan fakta itu.

“Dia hanyalah korban lain dari penyihir Clemilda. Makhluk ini tidak seimbang "kekuatan lawan" dan mengancam seluruh alam semesta. Jadi, itu diserahkan kepada takdir untuk mengirim saya ke gunung suci di mana saya bertemu wali, gadis muda, hantu, dan anak laki-laki. Saya menyelesaikan tantangan dan dengan itu menaklukkan hak untuk memasuki gua keputusasaan, gua yang memberikan impian terdalam Anda. Menghindari perangkap dan memajukan skenario saya berhasil mencapai akhir. Kemudian gua mengubah saya menjadi Peramal dan saya melakukan perjalanan tepat waktu setelah jeritan yang saya dengar. Teriakan ini berasal dari Christine. Setelah tiba di hari ini, saya berdiri untuk Clemilda dan dia memberi saya tiga tantangan yang saya selesaikan. Sekarang satu-satunya hal yang masih harus dilakukan adalah meyakinkan kekasih Anda untuk memiliki pertempuran terakhir. Namun, saya sekarang di penjara dan itu mencegah saya mengambil tindakan apa pun.

“Apa cerita! Saya sudah pernah mendengar tentang gua dan kekuatannya yang luar biasa tetapi tidak pernah membayangkan bahwa/itu seseorang bisa mengatasinya. Anda adalah yang pertama yang saya dengar berbicara tentang hal itu. Dengar, jika kau butuh bantuanku, aku tersedia.

“Terima kasih. Apakah ada cara untuk melarikan diri dari sini?

“Maaf, tapi tidak ada. Gerbang ini sangat kuat dan pintu keluar bangunan semuanya dipantau.

Jawaban Claudio mengecewakan saya. Apa yang akan terjadi dengan "kekuatan yang berlawanan," Christine dan Mimoso? Setiap saat yang lewat hal-hal semakin buruk dengan saya di penjara. Sekarang, satu-satunya hal yang harus dilakukan adalah berdoa dan menunggu keajaiban.

Kunjungan Renato

Saya baru saja bangun dan perasaan yang saya rasakan, seperti semuanya salah, tidak membuat saya merasa baik sama sekali. Tempat ini tidak cocok untuk saya karena saya terpengaruh oleh biaya negatif yang tinggi. "Kekuatan lawan" berteriak di dalam diriku dan lebih aktif dari sebelumnya. Beberapa saat kemudian, salah satu penjaga datang dan membuka sel bagi kita untuk pergi ke matahari. Saya memasuki baris yang terbentuk. Kami berjalan-jalan sedikit dan dalam waktu singkat kami dikembalikan ke sel. Setelah kembali, saya diberitahu bahwa seseorang menunggu saya di daerah kunjungan. Seorang penjaga menemani saya dan saya pergi untuk bertemu orang ini. Saat memasuki ruang tamu, saya terkejut.

“Anda? Apa yang kau lakukan di sini?

Aku datang untuk membantumu. Waktunya sekarang telah tiba bagi saya untuk membuktikan bahwa saya berguna dan bahwa wali itu benar untuk mengirim saya untuk menemani Anda.

“Bantu aku? Bagaimana?

“Jangan khawatir. Aku sudah merencanakan semuanya. Ketika semuanya terjadi, jangan berpikir dua kali, larilah.

“Apa yang ingin Anda lakukan? Bukankah itu berbahaya?

“Aku tidak bisa mengatakan apa-apa. Lakukan saja apa yang kukatakan.

“Terima kasih, tapi jangan mengambil risiko begitu banyak hanya untuk saya. Anda hanya seorang anak kecil.

"Saya masih kecil, tetapi saya tahu bagaimana membedakan hati manusia. Saya merasa bahwa Anda adalah orang yang sangat istimewa.

Kata-kata Renato menyentuhku dan aku memeluknya. Dia telah bersama saya hampir sepanjang waktu sejak perjalanan dimulai dan ini telah menciptakan kasih sayang di antara kami. Saya sudah merasa seperti ayahnya tetapi pada saat itu dia adalah orang yang menghibur dan mendorong saya. Setelah pelukan, dia mengucapkan selamat tinggal dan saya kembali ke sel, ditemani oleh seorang penjaga. Saya menemukan Claudio dan kami memulai percakapan baru. Sekitar tiga puluh menit setelah kepergian Renato, aku mencium bau aneh, asap menutupi kandang dan semua mulai panik, termasuk diriku sendiri. Delegasi dipanggil dan memerintahkan semua sel untuk dibuka. Dalam kebingungan, saya ingat saran Renato dan saya mengarahkan diri keluar dari kantor polisi tanpa ada yang melihat saya karena asapnya begitu tebal. Dalam perjalanan keluar, aku menemukan Renato dan kami melarikan diri bersama. Kami kembali ke hotel dan di sana Carmen menempatkan kami di kamar khusus. Itu memiliki pintu masuk bawah tanah dan di sana kami ditempatkan. Aku akan aman sampai pertempuran terakhir.

Pertemuan Ketiga dengan Christine

Christine akhirnya memutuskan dan bersedia bertemu dengan saya lagi. Dia mendengar bahwa saya telah ditangkap dan fakta ini membantunya untuk memutuskan. Dia juga lelah dengan ketidakadilan yang dilakukan oleh ayahnya dan oleh penyihir jahat Clemilda. Dengan cara tertentu, dia sudah mengendalikan "kekuatan lawan" dan ini sangat penting dalam keputusannya. Jadi, dia memutuskan untuk menemukan Carmen, pemilik hotel. Dia yakin Carmen tahu sesuatu tentang keberadaanku. Dia bertepuk tangan di pintu masuk hotel dan segera dirawat.

"Apakah nama Anda Carmen? Aku harus bicara denganmu Bu.

"Ya. Masuk.

Christine menjawab undangan itu dan masuk. Carmen pergi untuk mengambil teh dan biskuit. Dia kembali dengan senyum menawan.

"Apa yang bisa kulakukan untukmu, sayang? (Carmen)

"Aku mencari Aldivan, peramal. Dia berada di penjara tetapi hari ini saya mendengar bahwa dia melarikan diri dari penjara. Apakah Anda punya ide di mana dia berada? Ini penting.

"Aku tidak tahu. Sejak dia ditangkap, saya berhenti melakukan kontak dengannya.

"Itu tidak mungkin. Aku sangat diperlukannya dan Mimoso. Jadi, maka semuanya akan tetap seperti biasa? Berapa lama kita akan mengambil kediktatoran Clemilda?

Air mata mengalir ke wajah Christine dan dia jatuh ke dalam keputusasaan. Reaksinya menggerakkan Carmen dan dia pergi untuk menghiburnya.

"Jika pertemuan dengannya ini sangat penting maka saya pikir saya dapat menemukan jalan.

Carmen bergerak menjauh dari ruang tamu sejenak dan memanggilku ke sebuah ruangan. Setelah belajar tentang kehadiran Christine saya menjadi bahagia dan segera memutuskan untuk pergi menemuinya. Aku kembali ke ruang tamu sementara Renato tetap di ruangan dan Carmen pergi ke dapur untuk menyiapkan makan malam. Ketika dia melihatku, Christine bangun dan berlari untuk memelukku. Aku membalas kasih sayang. Kami duduk berdampingan di dalam ruangan.

"Jadi, sudahkah Anda memutuskan?

"Saya telah berpikir banyak tentang apa yang Anda katakan dan saya ingin mengatakan bahwa saya percaya. Di biara, mereka mengajari saya untuk mengenali kapan seseorang tulus.

"Selain percaya, apakah Anda bersedia mengubah hidup Anda?

"Ya, dan aku ingin melupakan semua yang terjadi. Anda benar tentang fakta bahwa saya tidak bersalah atas tragedi itu. Itu adalah kutukan yang diluncurkan penyihir itu padaku ketika dia menyentuh kepalaku.

Saya masih memiliki harapan bahwa dia dikalahkan dan bahwa keinginan yang saya buat untuk gunung diberikan.

"Jadi, aku melakukannya. Anda menemukan diri Anda. Anda tampaknya tidak lagi menjadi gadis muda yang sedih dan kecewa. Aku bahagia untukmu. Sekarang saya bisa memiliki hak untuk pertempuran terakhir. Pertemuan "kekuatan lawan" semakin dekat.

"Pertempuran? Apa yang kamu bicarakan?

"Ini adalah kesepakatan yang saya buat dengan Clemilda. Jika saya memenuhi tiga tantangan dan meyakinkan Anda untuk menemukan takdir Anda, saya akan memiliki hak untuk pertempuran ini. Ini adalah satu-satunya kesempatan untuk mengumpulkan "kekuatan lawan" dan menyeimbangkannya sekali lagi.

"Aku mengerti. Bisakah aku membantu? Kekuatan mutan saya akan sangat membantu dalam pertempuran.

"Aku tidak tahu. Ini sangat berbahaya. Jika kau terluka, Christine, aku tidak akan bisa memaafkan diriku sendiri.

Saya pikir untuk beberapa saat tentang proposalnya. Aku ingin tahu apakah dia benar-benar diperlukan di medan perang. Saya tidak tahu perang macam apa ini.

"Baiklah, kau bisa. Namun, Anda harus tetap di belakang saya. Aku akan melindungimu dari Kekuatan Kegelapan. Sementara itu, Anda menutupi bagian belakang dengan kekuatan mutan Anda.

"Terima kasih. Kapan ini akan terjadi?

"Besok. Temui aku di reruntuhan kapel pukul 7:00 pagi.

Saya mengambil cuti saya dan memintanya untuk merahasiakan lokasi saya. Dia setuju dan pergi. Pertobatan tertentu memakan saya karena telah menerima pertempuran tetapi sudah terlambat. Keesokan harinya akan menjadi final dalam hal nasib Mimoso dan saya akan berpartisipasi dalam pertempuran yang benar-benar akan mengubah hidup saya dan tentu saja alam semesta juga.

Doa Malaikat

Christine dan aku tiba tepat waktu di titik pertemuan. Dia bertanya kepada saya mengapa situs khusus ini dan saya menjawab bahwa ini adalah pintu gerbang ke pengalaman saya. Saya menjelaskan kepadanya terperinci tentang "kekuatan lawan" dan ketidakseimbangan saat ini. Setelah itu, saya meminta keheningan dan mulai memanggil Malaikat karena akan sangat membantu dalam pertempuran.

Perang antara pendekatan "kekuatan lawan". Dalam pertarungan ini, makhluk material dan tidak penting akan saling berhadapan. Kelompok kami hanya terdiri dari dua orang: Aku, peramal, dan Christine, yang merupakan mutan. Kita diperlukan kekuatan yang lebih tinggi untuk memberi kita keamanan yang tidak berwujud sehingga kita meminta Bapa Kita, untuk mengirim Malaikat-Nya untuk menemani dan melindungi kita dalam perjuangan berbahaya ini. Nasib Mimoso tergantung pada keseimbangan dan kekuatan kebaikan harus lengkap.

Saya mengulangi doa tiga kali dan yang terakhir saya merasa hati saya gemetar dengan denyut tidak teratur dan indra keenam saya menjadi sepenuhnya diasah. Sesaat kemudian, pintu saya terbuka dan saya memiliki izin untuk membuka misteri dunia lain. Saya melihat, di sebuah ruangan besar istana kerajaan, sebuah pintu terbuka dan dari sana meninggalkan tujuh malaikat yang bersama-sama mewakili Tuhan sendiri. Salah satunya membawa piala di tangannya yang isinya adalah doa saya yang berkeras. Ketujuh malaikat itu mendekati takhta Tuhan Yang Mahakuasa. Orang yang memiliki piala menumpahkannya di atas api di sisi kanan Bapa. Guntur mengaum dan suara yang berubah terdengar. Pintu antara kedua dunia dibuka dan malaikat dengan piala melewatinya. Pintunya disegel dan dikunci sampai kembali. Pada saat itu, pintu saya tertutup dan saya kembali normal. Setelah sadar kembali, aku melihat Christine berlutut dan di sampingku malaikat yang menyala-nyala dengan sayap panjang dan terang, menerangi seluruh tempat. Di wajahnya tertulis Raja Segala Raja dan Tuhan Segala Tuhan. Kaki dan kakinya tampak terbakar dan tubuhnya yang ramping mengatasi patung apa pun. Aku berdiri selama beberapa saat mengagumi keindahannya. Ia memutuskan untuk menghubungi saya melalui kekuatan berpikir. Ini meminta saya untuk tetap tenang dan mengangkat Christine berdiri karena dia tidak punya alasan untuk menyembahnya. Aku mematuhi Malaikat dan menanyakan apa yang akan terjadi. Ini memberitahu saya bahwa itu tidak tahu, bahwa pertemuan antara "kekuatan lawan" tidak dapat diprediksi. Ini meyakinkan saya bahwa kita akan aman dengan itu. Dengan kekuatan baru dan perlindungan surgawi, saya memutuskan untuk mencoba kata sandi yang sama dari pengalaman saya sebelumnya. Dengan semua kekuatan di dadaku, aku berteriak:

" Kami Sudah siap!

Tanah bergetar, langit menjadi gelap, bintang-bintang hancur dan seluruh alam semesta merasakan emosi saat itu. Pertempuran terakhir akan dimulai dan masa depan kedua dunia dipertaruhkan.

Pertempuran Terakhir

Skenarionya masih berubah. Lantai menghilang dan malaikat harus memberi kita kekuatan sehingga kita juga bisa terbang. Di cakrawala garis pemisah muncul sebagai jenis medan gaya yang mencegah kita lewat. Kemudian datanglah saat di mana semuanya dimulai. Kegelapan besar mendekat bersama dengan vampir dan beberapa pria berkerudung. Di sisi lain adalah Clemilda, memerintah segalanya dengan kekuatan super Kejahatan. Pertarungan akhirnya dimulai. Malaikat dan iblis, Christine dan vampir, dan aku dan orang-orang berkerudung. Pertarungan antara makhluk tak berwujud tidak terbayangkan. Keduanya bergerak dengan kecepatan luar biasa dan pukulan mereka sangat kuat. Dengan setiap dampak, kedua dunia tampak gemetar. Bentrokan antara Christine dan vampir juga sama-sama seimbang. Dia menggunakan sinar apinya untuk melindungi dirinya dari serangannya. Saya juga mengalami kesulitan. Orang-orang berkerudung adalah pejuang terampil. Saya harus menggunakan semua kekuatan peramal saya untuk menghadapi mereka. Perang antara "kekuatan lawan" baru saja dimulai dan kesulitannya banyak.

Pertarungan berlanjut dan bentrokan secara bertahap mulai berubah. Beberapa pria berkerudung jatuh kelelahan dan saya merasa lebih bebas. Pertarungan antara malaikat dan iblis dan Christine dan vampir tetap sama tetapi dari sudut pandang saya yang baik menang. Hanya dalam beberapa saat, saya berhasil menggulingkan lawan saya baru-baru ini. Lalu aku beristirahat sedikit dan mengamati perkelahian yang lain. Saya berharap kemenangan untuk mereka semua. Clemilda merasakan kekalahannya yang akan segera terjadi dan dengan kekuatannya memanggil mayat hidup. Mereka meninggalkan makam pemakaman adat kuno dan semua orang yang dalam satu atau lain cara membiarkan diri mereka mengalihkan dari jalan mereka yang sebenarnya. Mereka adalah lawan baru saya dalam pertempuran. Di antara mereka, saya mengenali penduduk asli Kualopu, seorang penyihir yang hampir menyebabkan kepunahan Bangsa Xukuru. Dia adalah musuh saya yang paling ditakuti karena, seperti Clemilda, dia mendominasi kekuatan gelap. Sebelum memulai pertarungan, saya mulai mengingat ajaran wali, tantangan dan gua. Semua langkah ini telah berfungsi sebagai pertumbuhan spiritual yang luar biasa bagi saya. Sekarang, saya harus menggunakan ini untuk mendukung saya dalam pertempuran. Pertarungan dimulai dan orang mati yang hidup mencoba untuk melampirkan saya dengan tujuan menyerang saya sekaligus. Aku menyingkirkan pengepungan ini dengan cepat dan menyerang. Dengan kekuatan serangan saya, beberapa dari mereka merobek terpisah. Kualopu mulai mengulangi doa diam dan pada saat yang sama, lingkaran bercahaya mengamankan saya dan membuat saya tidak bergerak. Mayat hidup lainnya memanfaatkan untuk menyerangku. Ingatan gua muncul ketika aku harus menghadapi seluruh skenario cermin. Tiga refleksi menjadi hidup dan mewakili seorang pemuda berusia lima belas tahun yang telah kehilangan ayahnya, seorang anak dan seorang pria tua. Saya menentang semua aspek ini dan menemukan bahwa tidak ada apa-apa dari mereka di masa sekarang adalah seorang pemuda berusia dua puluh enam tahun, seorang penulis, berlisensi dalam matematika. Lingkaran yang menahan saya mewakili semua kelemahan, bahwa ketika memasuki gua, saya berhasil mengendalikan. Berpikir tentang hal ini saya memfokuskan kekuatan saya dan dengan dorongan, lingkaran itu rusak. Aku kemudian bisa membalas dan menghancurkan sejumlah besar mayat hidup. Kualopu menolak untuk mengenali kekuatan saya dan dengan pukulan terakhir saya bisa mengatasinya. Setelah melihat ini, Clemilda panik dan mulai mengartikulasikan strategi terbarunya.

Sementara Clemilda sedang mempersiapkan, saya mengamati bahwa/itu kekuatan lain dari kebaikan sudah pada keuntungan terhadap kekuatan yang berlawanan. Ini membuat saya bahagia dan santai. Saya juga meluangkan waktu untuk bersantai dan menarik napas. Akhirnya, Clemilda memutuskan. Dia pergi untuk bergabung dengan pertarungan langsung melawan saya. Menggunakan kekuatan gelap, dia mempersenjatai dirinya dengan pedang dan perisai. Malaikat melihat situasi saya dan dengan kekuatannya memberi saya senjata yang sama. Pertarungan dimulai dan saya kagum dengan kelincahan saingan saya. Dia bukan amatir. Saya tetap bertahan untuk sementara waktu untuk mengamatinya dalam segala hal. Sikap saya membuat saya kehilangan keseimbangan dan penyihir itu mampu memukul wajah saya. Saya mengatur ulang rencana saya dan mencoba untuk menyerang balik. Jawaban saya mendapat hasil dan saya kembali dalam pertarungan. Dengan paru-paru lain, aku melucuti senjatanya dan dia tidak memiliki pertahanan. Kemudian untuk menyeimbangkan situasi lebih lanjut saya juga menyingkirkan baju besi saya. Aku menangkapnya dan kami mengukur kekuatan kita. Dia memanggil Iblis dan aku, Yesus Kristus dan salibnya. Pada saat yang sama, dia jatuh dikalahkan. Iblis dan vampir menghilang; Matahari dan tanah muncul. Malaikat bersinar lebih dari sebelumnya dan saya bisa mendengar dari Surga suara perayaan besar. Saya telah berhasil mengumpulkan "kekuatan lawan" dan membantu Christine. Dalam sekejap, malaikat mengucapkan selamat tinggal dan juga menghilang. Perjalanan saya dalam waktu telah sukses dan saya akan mengulanginya kapan pun perlu untuk melakukannya.

Runtuhnya Struktur yang Ada

Dengan jatuhnya Clemilda, awan hitam menghilang, antek-anteknya melarikan diri dan Christine sembuh. Dengan ini, Mimoso kembali normal dan kekristenan melanjutkan tempatnya. Untuk merayakannya, Christine menyelenggarakan perayaan di gedung Asosiasi Warga. Aku adalah tamu utama. Pesta itu penuh dengan wartawan yang terus mengajukan pertanyaan.

"Apakah benar, Peramal, bahwa Anda menyelamatkan Mimoso dari cakar penyihir jahat? Bagaimana ini bisa terjadi?

" Lajang instrumen takdir serta teman bertarungku di sini, Christine. "Kekuatan lawan" tidak seimbang dan misi saya adalah menyatukan kembali mereka lagi.

"Apa yang akan kau lakukan sekarang, Pak?

" Aku tidak tahu. Saya pikir saya harus menunggu petualangan baru.

"Apakah Anda sudah menikah, Pak? Apa profesi Anda?

"Saya memprioritaskan studi saya. Tentang profesi saya, saya adalah asisten administrasi. Selain itu, saya berlisensi dalam matematika dan saya seorang penulis.

Pertanyaan berlanjut tetapi saya menarik diri dari para wartawan. Aku akan berbicara dengan Christine dan melihat bagaimana keadaannya. Dia mengatakan bahwa dia lupa tragedi itu tetapi dia masih khawatir tentang Claudio. Dia ditangkap beberapa waktu lalu dan dia tidak punya berita. Dia menegaskan kembali cintanya dan mengatakan bahwa dia tak terlupakan. Aku menghiburnya dan mencoba menghiburnya. Selama pesta, aku tinggal di sisinya untuk memberinya kekuatan. Ketika itu berakhir, saya mengucapkan selamat tinggal dan saya kembali ke hotel.

Percakapan dengan Mayor

Sebelum meninggalkan Mimoso, aku memutuskan untuk melakukan satu upaya terakhir untuk Christine. Cinta yang hebat seperti miliknya dan Claudio tidak bisa pergi tanpa satu kesempatan terakhir. Jadi, saya pergi ke kediaman mayor yang ditakuti untuk percakapan terakhir dengannya. Setelah memasuki taman rumah, saya mengumumkan diri saya dan tak lama setelah itu di depannya.

“Mayor, saya datang untuk berbicara dengan Anda tentang putri cantik Anda Christine. Aku hanya bersamanya dan menyadari bahwa dia menderita. Kenapa kau tidak memberi kesempatan pada pemungut pajak, Claudio? Dengar, tidakkah kau melihat bagaimana dia adalah pria yang paling tepat untuknya?

“Jangan melibatkan diri dalam masalah keluarga. Saya tidak membesarkan putri saya untuk memiliki pemungut pajak sebagai menantu saya.

“Saya melibatkan diri karena saya adalah temannya dan kebahagiaannya penting bagi saya. Yang Mulia menolak Claudio karena dia miskin dan sederhana. Pernahkah Anda melupakan masa kecil Anda yang buruk di Maceió? Yang Mulia juga sederhana. Yang penting dalam diri manusia adalah kualitasnya, bakat dan karismanya. Status sosial kita tidak mendefinisikan kita. Kita adalah apa yang dikatakan perbuatan kita tentang kita.

Jawaban saya mengguncang beberapa besar dan air mata berkeras mengalir dari matanya. Dia menghapus mereka dengan malu.

“Bagaimana Kamu bisa mengetahuinya? Saya tidak pernah memberi tahu siapa pun tentang bagian gelap dari hidup saya ini.

“Anda tidak akan mengerti bahkan jika saya menjelaskannya. Masalahnya adalah bahwa Anda bersikap tidak adil dengan Christine dan merampas cinta sejatinya. Apakah Anda melihat tragedi yang Anda provokasi dengan pernikahan yang Anda atur? Sistem ini tidak bekerja.

Mayor itu bijaksana untuk beberapa saat dan segera setelah itu menjawab.

“Baiklah. Saya akan mengizinkan keduanya berkencan dan kemudian menikah tetapi saya tidak ingin melihat mereka di sini di dekatnya. Putri saya terus menjadi kekecewaan dalam hidup saya.

“Dan untuk Claudio? Maukah kau membebaskannya?

“Ya, hari ini.

“Mayor, satu hal lagi. Saya berhenti dari pekerjaan saya sebagai jurnalis Anda. Aku tidak tahan berbohong kepada orang-orang ini lagi tentangmu.

Yang utama menggeliat dalam kemarahan tapi aku sudah menuju keluar. Setelah pergi, saya menikmati hati nurani yang jelas karena saya telah memenuhi peran saya. Sekarang, semua yang tersisa untuk takdir adalah untuk bergabung dengan dua hati yang benar-benar saling mencintai.

Selamat jalan

Akhirnya, tiba saatnya bagi Claudio untuk dibebaskan. Di luar kantor polisi, dia menunggu teman-temannya dan Christine yang berapi-api. Semua bersemangat dan gugup untuk kesempatan itu. Di dalam stasiun, Claudio menandatangani surat-surat terakhir yang akan dirilis.

"Saya sudah selesai, Delegasi Pompeu. Bisakah aku sudah pergi? Itu adalah saat banyak penderitaan dan penderitaan di dalam sini. Saya ingat betul hari ketika mereka mengunci saya di sini dan itu adalah hari terburuk dalam hidup saya. (Claudio)

“Anda bisa pergi sekarang. Lihat apakah Anda tidak bisa menghindari menggoda dengan gadis-gadis Anda seharusnya tidak, eh?

“Penangkapan saya adalah tirani dan Anda tahu itu, Pak. Apakah itu kejahatan untuk dicintai? Aku tidak mengendalikan hatiku.

“ Nah, Anda telah diperingatkan. Prajurit Peixoto menemani subjek sampai ke pintu keluar.

Claudio menarik diri dan prajurit mematuhi perintah delegasi. Dalam perjalanan keluar, Claudio tampak sedikit mundur seolah mengucapkan selamat tinggal pada saat-saat yang dia habiskan di penjara. Setelah itu, dia mendongak ke langit seolah-olah memperhitungkan seluruh alam semesta. Dia merasa bebas dan bahagia karena dia akan mengatur ulang hidupnya. Beberapa saat kemudian, dia memeluk teman-temannya dan Christine menunggu gilirannya. Keduanya berpelukan dan mereka berciuman panjang lebar.

"Cintaku! Anda bebas! Sekarang kita bisa bahagia karena ayahku telah mengizinkan hubungan kita. Gunung ini benar-benar suci karena menjawab permintaan kami. (Christine)

" Apakah Ini benar? Aku tidak percaya! Apakah itu berarti kita bisa bersama dan memiliki anak-anak kita? Gunung yang diberkati. Saya tidak mengharapkan keajaiban ini.

Keduanya terus memperingati dan sementara itu, saya mendekati. Kami mencapai waktu keberangkatan saya.

"Betapa indahnya melihatmu bersama dan bahagia. Saya pikir saya bisa kembali, yakin, kembali ke waktu saya yang sebenarnya.

"Apakah Anda benar-benar harus pergi? Sayang sekali! Lihatlah bagaimana kami telah belajar untuk mengagumi upaya dan tekad Anda. Saya tidak akan pernah melupakan apa yang telah Anda lakukan untuk saya dan untuk Claudio, terima kasih!

"Aku juga akan merindukanmu. Di penjara, di mana kami ditahan bersama, saya mengenal Anda sedikit dan saya pikir Anda layak mendapat kesempatan dalam hidup dan di alam semesta. Semoga sukses! (Claudio)

" Sebelum Aku pergi, aku ingin menanyakan satu hal terakhir, Christine. Bisakah saya menerbitkan buku dengan cerita Anda?

"Ya, dengan satu syarat. Saya ingin judul itu.

"Baiklah. Apa itu?

"Ini akan disebut "Kekuatan Lawan."

Saya menyetujui indikasi Christine dan memberi mereka satu pelukan terakhir. Mereka semua adalah bagian dari cerita saya. Dengan air mata di mata saya, saya mundur dan mengarahkan diri ke hotel. Aku akan mengemasi koperku dan pergi. Sepanjang jalan, saya ingat semua waktu yang saya miliki di tempat pedesaan itu. Segala sesuatu yang saya lalui telah berkontribusi pada pembentukan spiritual dan moral saya. Sekarang, saya siap untuk petualangan dan perspektif baru. Dengan langkah-langkah lambat, saya mendekati hotel. Saya mengucapkan selamat tinggal untuk terakhir kalinya untuk segala sesuatu yang ada di sekitar saya dan saya menyimpulkan bahwa saya tidak akan melupakan mereka sepenuhnya. Mereka akan selamanya terukir dalam pikiran saya sebagai kenangan dari perjalanan pertama saya pada waktunya, sebuah perjalanan yang mengubah sejarah desa kecil bernama Mimoso. Berpikir tentang hal itu, saya merasa bahagia dan terpenuhi. Beberapa saat kemudian, saya tiba di hotel dan saya pergi ke kamar saya. Renato sedang tidur dan aku membangunkannya. Kami mengemasi koper kami dan pergi ke dapur untuk mengucapkan selamat tinggal kepada Carmen.

" Carmen, kita akan pergi. Saya ingin mengatakan bahwa bantuan Anda sangat penting bagi saya untuk mengetahui terperinci tragedi itu. Selain itu, saya ingin mengucapkan terima kasih atas keramahan dan kesabaran Anda.

"Saya terpilih ingin mengucapkan terima kasih atas semua yang telah kau lakukan untuk Mimoso. Kami hidup di bawah kediktatoran dan Anda telah membebaskan kami. Saya harap semua impian Anda menjadi kenyataan.

"Terima kasih. Renato, ucapkan selamat datang pada Carmen.

" Aku Ingin mengatakan bahwa kau sudah seperti seorang ibu bagiku selama ini. Saya suka makanan dan saran Anda.

Kami bertiga berpelukan dan emosi saat itu membuat saya meneteskan air mata. Apa yang telah kita jalani selama tiga puluh hari ini akan segera berakhir. Dia akan selamanya istimewa dalam hidupku. Ketika pelukan berakhir, kami berjalan ke pintu dan melambaikan tangan terakhir. Setelah pergi, kami akan menuju ke titik yang sama di mana kami menyelesaikan perjalanan kembali ke masa lalu.

Kembali

Dari luar hotel, saya melihat terakhir apa yang telah menjadi rumah saya selama tiga puluh hari ini. Di sana saya memiliki visi pertama saya yang menunjukkan kepada saya seluruh cerita. Itu adalah realisasi dari mimpi Peramal, makhluk mahatahu, melalui visinya. Dengan fakta-fakta, saya bisa memasuki jadwal acara dan bertindak sehingga ketidakadilan dibatalkan. Ini meninggalkan saya dengan hati nurani yang jelas dan bahagia karena saya telah memenuhi misi yang telah dipercayakan oleh wali kepada saya. Saya telah berhasil menyatukan kembali "kekuatan lawan" dan membantu Christine untuk menemukan kebahagiaan sejati. Akibatnya, Mimoso kembali ke agama Kristen dan banyak umat berimannya dapat menyembah, memuji, dan memperbesar Sang Pencipta. Saya berharap saya bisa memiliki sedikit lebih banyak waktu untuk menikmati semua pekerjaan ini. Akan mengamati dalam roh. Dengan sekilas, aku melihat Renato dan menyadari betapa pentingnya dia dalam misiku. Tanpa dia, kontak saya dengan Christine tidak akan dilakukan secara memadai dan saya tidak akan melarikan diri dari penjara. Itu benar-benar berharga untuk membawanya dalam perjalanan ini.

Kami terus berjalan dan dengan cepat mendekati kaki Gunung Ororubá, gunung yang semua dianggap suci. Di sanalah saya bertemu dengan wali, hantu, wanita muda dan anak itu, saya menyelesaikan tantangan dan saya masuk ke dalam gua paling berbahaya di dunia. Di dalam gua, menghindari perangkap dan memajukan skenario saya berhasil memilikinya melaksanakan mimpi saya dan itu mengubah saya menjadi Peramal. Semua ini sangat penting sehingga saya bisa melakukan perjalanan tepat waktu dan mengubah garis peristiwa. Sekarang saya berada di sana, di kaki gunung, terpenuhi dan sudah memikirkan petualangan berikutnya. Saya sangat berkonsentrasi pada hal ini sehingga sedikit yang saya sadari bahwa sebuah tangan kecil menarik saya. Aku berbalik untuk melihat apa yang sedang terjadi. Dia adalah Renato.

"Apa yang akan terjadi padaku sekarang, Tn. Peramal?

" Aku akan mengembalikanmu kepada wali yang peduli padamu, kan?

"Berjanjilah bahwa Anda akan membawa saya pada perjalanan Anda berikutnya. Saya suka tinggal tiga puluh hari di desa Mimoso. Untuk pertama kalinya, saya merasa berguna dan penting.

" Aku tidak tahu. Hanya jika itu benar-benar diperlukan. Kita akan lihat.

Jawabanku sepertinya tidak membuat Renato benar-benar bahagia tapi aku tidak keberatan. Saya tidak bisa menjamin apa pun tentang masa depan meskipun psikis. Selain itu, saya tidak dapat memprediksi apa yang akan terjadi dengan buku yang akan saya terbitkan. Di atasnya petualangan baru saya tergantung. Saya lupa sedikit tentang masalah buku ini dan saya berkonsentrasi pada alam sekitarnya: Awan abu-abu, udara murni, vegetasi yang riang dan matahari yang panas. Tujuh hari yang saya habiskan di puncak gunung telah mengajari saya untuk menghormatinya sepenuhnya. Ketika kita tidak melakukan ini, ia dia menjawab negatif. Contohnya tidak sedikit: bencana alam, pemanasan global dan kelangkaan sumber daya alam. Akhir sudah dekat jika kita tetap dalam keadaan irasionalitas ini.

Waktu berlalu dan kami mendaki gunung sepenuhnya. Kami kembali ke titik di mana kami melakukan perjalanan tepat waktu dan saya mulai berkonsentrasi. Saya menciptakan lingkaran cahaya di sekitar kita dan kita mulai melambat. Itu perlu untuk melakukan kebalikan dari apa yang dilakukan sebelumnya untuk bergerak maju dalam waktu. Angin dingin menghantam, hati saya berakselerasi, gaya gravitasi kehilangan daya dan dengan ini kita dapat mulai melakukan perjalanan kembali. Cincin cahaya mengembang dan tahun-tahun berlalu: 1910, 1920, 1930, 1940, 1950, 1960, ... 2010. Ketika kami tiba tepat pada saat itu, lingkaran menjadi dibatalkan dan kami jatuh ke lantai. Setelah bangun, saya melihat penjaga dan ini membuat saya lebih bahagia.

"Jadi, saya melihat Anda sudah kembali. Anda berhasil menyatukan kembali "kekuatan lawan" dan membantu gadis itu, Anak Allah?

"Ya. Perjalanan itu sukses dan saya berhasil menyusun ulang makna dari berbagai hal. Gua itu sangat penting agar saya bisa sukses.

"Gua hanya akan satu langkah di jalan Anda. Ini harus berfungsi sebagai dukungan untuk pertumbuhan dan pembelajaran. Peramal masih memiliki banyak tantangan yang harus dihadapi. Jadilah bijaksana dan bijaksana dalam keputusan Anda.

"Mengembalikan Renato padamu. Anda benar dalam mengirimnya dengan saya. Dia penting. Selain itu, saya ingin mengucapkan terima kasih atas semua perhatian dan dedikasi yang Anda berikan kepada saya. Tanpa ajaranmu, aku tidak akan mengalahkan gua atau menjadi Peramal.

"Jangan berterima kasih padaku. Anda harus kembali ke tempat suci ini kapan pun diperlukan. Lalu aku akan muncul dan akan menunjukkan jalan itu kepadamu. Sebelum apa pun, ingatlah: Cinta dan iman adalah dua kekuatan kuat yang bila digunakan dengan benar menghasilkan keajaiban. Ketika ragu atau selama malam tergelap jiwa Anda, berpegang teguh pada Tuhan Anda dan kedua kekuatan ini. Mereka akan membebaskanmu.

Karena itu, penjaga menghilang bersama dengan Renato. Aku berdiri beberapa saat memikirkan apa yang dikatakan wali. Malam tergelap jiwaku? Saya pikir saya harus belajar lebih banyak tentang itu. Aku mengambil koperku dan aku mulai menuruni gunung. Aku akan menangkap mobil pertama yang kembali ke rumah.

Di rumah

Saya baru saja kembali dari perjalanan saya dan kerabat saya menerima saya dengan pesta. Ibuku tampak khawatir karena dia tanpa henti mengajukan pertanyaan padaku. Saya menjawab beberapa dan dia menjadi lebih tenang. Aku pergi ke kamarku untuk menyimpan koperku. Sekali lagi, saya melihat karya-karya yang telah saya baca dalam beberapa tahun terakhir dan saya merasa lebih bahagia karena segera saya berada di antara mereka. Saya sekarang menjadi bagian dari sastra dan merasa sangat bangga akan hal itu. Perhatian saya menyimpang dan saya mencatat bahwa tempat tidur saya penuh dengan buku-buku matematika. Saya merasa sedikit bersalah karena telah meninggalkan mereka selama lebih dari sebulan. Saya mulai membawamu, melakukan beberapa perhitungan. Akhirnya, saya kembali melakukan matematika, gairah lain dalam hidup saya.

Epilog

Setelah meninggalkan Mimoso, banyak hal terjadi. Christine dan Claudio menikah dan menjadi orang tua dari tujuh anak yang cantik. Kapel kecil St Sebastian dibangun kembali dan gubernur menyelesaikan janjinya kepada mayor dan mendukungnya untuk Penggaris Pesqueira. Dia terpilih dan melanjutkan sejarah dominasi dan ketidaktahuanmu. Di masa lalu, jalan raya BR-232 dibangun dan yang membawa transfer layanan dan bisnis ke Arcoverde (selama waktu buku itu ditulis itu adalah Desa Rio Branco). Kemudian datanglah pelepasan bertahap kereta api dan Mimoso menjadi kota hantu.

Saat ini, Mimoso memiliki tiga ribu penduduk dan ekonomi distrik ini terkait dengan kota-kota tetangga, Pesqueira dan Arcoverde. Pada dasarnya, ia berputar di sekitar produksi dan gaji pemuliaan ternak yang diterima oleh para pensiunannya. Salah satu yang menarik dari Mimoso adalah yayasan Possidônio Tenório di Brito, yang melalui pensiunan hakim Aluiz Tenório di Brito, menawarkan kesempatan untuk pendidikan dan budaya. Dia memasang perpustakaan yang berharga, memulai kursus Pendidikan Informasi dan juga memulai perpustakaan video. Saya adalah salah satu dari orang-orang muda yang mendapat manfaat dari inisiatif ini dan hari ini saya seorang penulis, penulis "Kekuatan Lawan."

Akhir.

www.ingramcontent.com/pod-product-compliance
Lightning Source LLC
LaVergne TN
LVHW010753051026
849532LV00007B/2356
* 9 7 8 6 5 9 8 4 4 1 2 3 4 *